Für die junge Clärchen, die gerade ihre Friseurausbildung begonnen hat, markiert der Tod ihres geliebten Bruders vor Stalingrad den Beginn einer schmerzhaften Reise durch wechselvolle Jahre. Einer nach dem anderen verschwinden die Männer, die in ihrem Leben wichtig sind, ihre Beweggründe dafür bleiben verborgen. Während einige verzweifelt ihren Platz in der Gesellschaft suchen, werden andere von ihrer vergessen geglaubten Vergangenheit eingeholt. Doch alle kämpfen auf ihre Weise gegen neue Umstände. Und scheitern. Inmitten des Chaos nimmt auch die junge Frau Abschied von ihren Vorstellungen einer glücklichen Familie. Eine Geschichte über das Schicksal einer dennoch lebensbejahenden Frau, die in den dunklen Stunden des Lebens nach Antworten sucht und sich ihren eigenen Herausforderungen stellen muss.

Frank Volz stammt aus der ländlich geprägten Region zwischen Osnabrück und Ibbenbüren und hörte auf den Höfen und von seinen Freunden viele aufregende und spannende Geschichten über die Lebenswege und Schicksale seiner Nachbarn und hat sich schon lange gewünscht, seine Heimat zum Schauplatz eines Romans zu machen.

© 2024 Frank Volz
Herstellung und Verlag:
BoD – Books on Demand, Norderstedt
ISBN: 9783757889951

Frank Volz

Sieben verweht

Roman

ANMERKUNG DES VERFASSERS

Was folgt, ist der Versuch, den historischen Leerraum in meiner Familiengeschichte zu füllen. Die Erzählungen spielen an den tatsächlichen Schauplätzen im Großraum zwischen Osnabrück und Ibbenbüren. Die Charaktere und die Handlungen sind jedoch frei erfunden.

Für Tante und Onkel Bojin

Clärchen und Günther

Ohne dich bin ich allein
Ohne dich bin ich verloren
Rammstein, Ohne dich

Das gute Aussehen mit den kurz geschnittenen Haaren, die weichen Gesichtszüge, die vielleicht etwas große, aber wohlgeformte Nase und die immer gepflegten Hände zeichneten ihren Bruder Günther aus. Er wirkte sehr reif und still. Sehr nachdenklich. Als hätte er mit seinen gut zwanzig Jahren deutlich mehr von der Welt gesehen als viele andere Menschen in ihrem ganzen Leben. Für Clärchen standen jedoch viel mehr die ruhige und besonnene Art ihres Bruders im Vordergrund. Sie bewunderte ihn!

Er war immer für sie da. Er hörte ihr aufmerksam zu, wenn sie etwas aus ihrem Schulalltag erzählte. Er half ihr bei den Hausaufgaben und gab ihr Ratschläge, wie sie am besten mit Streitigkeiten auf dem Schulhof zurechtkommen konnte. Günther nahm ihre Sorgen ernst. Er behandelte sie nicht wie ein kleines Kind.

Mit all dem konnte Clärchen allerdings in absehbarer Zeit nicht mehr rechnen, denn Günther musste nach seiner Ausbildung zum Koch den Dienst bei der Wehrmacht antreten. Schlimmer noch! Er meldete sich freiwillig und warf eine Woche nach der Gesellenprüfung seine Schürze und seine Kochmütze im Waschkeller seines Lehrherrn

9

übermütig auf den Haufen mit der schmutzigen Wäsche. Günther stellte seine Bedenken über eine Kriegsbeteiligung in den nächststehenden Abstellschrank, denn viele seiner Freunde hatten sich während der vergangenen Wochen freiwillig zur Wehrmacht gemeldet und die Alten sprachen davon, dass es, wenn überhaupt, nur einen sehr kurzen Krieg geben würde.

Clärchen empfand einfach nur Angst um ihren starken, furchtlosen Bruder. Ihrem großen Vorbild. Günther nahm sich stets Zeit für sie und auch für ihre kleine Schwester Helga. Er machte einen gut gelaunten Eindruck und schien immer ausgeglichen und unbekümmert zu sein. Doch jetzt wollte ihr geliebter Bruder die immer gut gepflegten, modischen Lederschuhe gegen Knobelbecher, und seinen schicken Filzhut gegen einen Stahlhelm tauschen! Clärchen befürchtete, dass sie ihren Bruder in Zukunft nicht mehr in seiner modischen Kleidung bewundern konnte. Sie sollte sich an eine Uniform gewöhnen? Wer würde sich um sie kümmern, um sie und Helga, wenn Günther in der Kaserne seinen Dienst verrichtete? Die Zeit der Eltern reichte dafür kaum. Clärchen war ratlos und traurig! Mehr noch, sie war böse. Ja, sie fühlte sich von ihrem Vorbild und Ratgeber allein gelassen.

„Warum gehst du weg?", fragte Clärchen mit lauter, schriller Stimme ihren Bruder. Günther blickte ihr wortlos ins Gesicht. „Was soll ich denn ohne dich machen?", bohrte sie weiter. Günthers Blick blieb an Clärchens spitzer Nase hängen und ein Lächeln breitete sich um seinen Mund herum aus.

„Das ist nicht zum Lachen!" Clärchens Fäuste trommelten auf seinem Oberarm herum. „Wann kommst du wieder zu uns zurück?" Sie sah ihrem Bruder in die Augen. „Ich habe Angst um dich!"

„Das musst du nicht. Ich passe auf mich auf. Als Koch ist sicherlich alles halb so schlimm! Und ich werde dir schreiben, so oft ich kann. Versprochen!"

Die regelmäßig eintreffenden Propaganda-Postkarten änderten daran nichts. Die typischen, nichtssagenden Motive von gutgelaunt marschierenden oder auf offenen Wagen fahrenden Soldaten vermochten Clärchen ihre Angst nicht zu nehmen. Auch wenn sie stolz auf ihren unerschrockenen, mutigen und weit herumgekommenen Bruder war.

Liebstes Clärchen,

ich denke häufig an dich und unsere kleine Helga.

Mir geht es gut. Hier ist alles ruhig.

Du musst dir keine Sorgen um mich machen!

Viele Grüße an die Eltern.

Dein Bruder Günther

* * *

Günther kam aus Frankreich nach Hause. Heimaturlaub. Mit seinen Schwestern reden und den Eltern aus Frankreich berichten. Günther freute sich riesig auf zuhause. Seine Freude währte jedoch nicht lange und seine eben noch klaren Gedanken wurden schnell durch die Vorwürfe seines Vaters eingetrübt. Der trauerte immer noch Günthers auf unbestimmte Zeit verschobenen Einstieg als Koch im elterlichen Gasthof nach. Seine Schwester Clärchen und das Nesthäkchen Helga empfingen ihn jedoch überschwänglich. Sie wollten ihn nie wieder hergeben. Und Neues von ihm hören. Alles wollten sie wissen. Er erzählte ihnen von der Mosel und dem Rhein. Begeistert beschrieb er ihnen die Schlösser an der Loire. Die ersten Toten seiner Einheit verschwieg er.

Dunkle Schatten lagen unter den müden Augen seiner Mutter. Die Überarbeitung stand ihr ins Gesicht geschrieben. Darunter musste ihr Doppelkinn jedoch nicht leiden und die stärker ausgeprägten Grübchen stachen Günther sofort ins Auge. Zudem hatte er sich noch vor ein paar Monaten nicht vorstellen können, dass für sie die Möglichkeit einer weiteren, deutlichen Gewichtszunahme bestünde. So konnte man sich täuschen!

„Wie läuft der Gasthof?", wollte Günther von seiner Mutter wissen. Sie saßen am Küchentisch, er trank eine Tasse Tee und sah seiner Mutter beim Schälen der Kartoffeln zu.

„Ach, es geht so. Ich muss gleich wieder rüber, weiter vorbereiten. Es gibt viel zu tun. Und Gäste kommen immer weniger", antwortete sie. „Aber wie geht es dir? Ich habe Angst um dich!" Sie sah ihren Sohn mit einem sorgenvollen Blick aus ihren müden Augen an.

„Mach dir bitte keine Sorgen, Mutter. Von den Kämpfen bekomme ich in der Küche kaum etwas mit. Und wie die anderen sagen, wird der Krieg bald vorbei sein. Dann fange ich im Gasthof an. Versprochen!"

„Darüber würde ich mich freuen. Pass auf dich auf und denk bitte daran: immer eine Hand für dich!"

„Das mache ich, Mutter!"

Seine Mutter lächelte und sah ihn an. „Aber jetzt mal etwas anderes. Du kennst doch den Sohn von den Meiers aus Haste, den Friseur mit dem steifen Bein."

„Du meinst Egon?"

„Den Vornamen kenne ich nicht, ich kenne nur seinen Vater Paul. Der kommt hin und wieder auf ein Bier in den Gasthof. Kannst du deinen Freund mal fragen, ob er für unsere Clärchen eine Lehrstelle hat?"

„Klar, ich wollte ihn sowieso besuchen, ich denke daran. Ich glaube schon, dass Egon uns hilft", sagte

Günther, trank seinen Tee aus, holte ein Schälmesser aus der Schublade, setzte sich wieder neben seine Mutter und begann, ihr beim Kartoffeln schälen zu helfen.

* * *

Günthers Freund Egon war Inhaber eines Friseursalons in 'Haste'. Den Betrieb hatte er vor ein paar Jahren von seinem Vater übernommen und sofort seine Idee von einer 'Wohlfühlzeit beim Friseur' umgesetzt. Der Salon hieß deshalb auch *"Bei Egon"* und nicht einfach nur *"Frisör"*. Bei ihm konnten Frau und Mann sich die neuesten Frisuren kreieren lassen. Sie mit Nackenrolle und leicht gewelltem, aus der Stirn gekämmten Haar, er etwas sparsamer. Das enorm kurze Haar stellte den obligatorischen Seitenscheitel deutlich heraus.

Aber Egon besaß auch die Gabe, seinen Kunden modische Frisuren zu verkaufen. Er konnte gut reden, die Leute mit seinen Ideen faszinieren und sie schlussendlich überzeugen.

Egons Herrensalon entwickelte sich sehr gut. Das lag sicherlich auch daran, dass er über eine für sein Gewerbe sehr wertvolle Eigenschaft verfügte: er konnte aufmerksam zuhören. Hinter vorgehaltener Hand oder einfach nur so zum Spaß machte überraschend schnell ein Spruch die Runde: 'Das kannst du besser deinem Egon erzählen'. Nicht zuletzt auch durch diesen Spruch entwickelte sich sein Geschäft schnell zu einem Gesprächsthema weit über die Grenzen des Stadtteils hinaus. Kenner des Salons aus Egons Umfeld bemühten sich allerdings unentwegt zu behaupten, dass Egon diesen Spruch, wohlwissend, was er damit auszulösen in der Lage war, selbst in die Welt gesetzt habe.

Clärchen kannte Egons Salon noch nicht. Und den Besitzer auch nicht. Sie stand völlig unsicher vor der

Salontür, mit ihrer rechten Hand hielt sie sich an der schräg über die Glastür verlaufenden Griffstange aus Messing fest. Als sie schüchtern ins Innere des Salons blickte, sah sie viele Kunden und um sie herum geschäftige Betriebsamkeit, Gewusel. Ihr restlicher Mut verließ sie. „Das ist nichts für dich", dachte sie. Clärchen ließ die Griffstange los und war einen kurzen Moment lang ratlos. „Aber du musst da rein, was sollen sonst Mutter und vor allem Günther von dir denken?", fragte sie sich. Allerdings wurde ihr die Entscheidung abgenommen, als eine laut lachende Frau die Tür von innen aufstieß und nach draußen drängte. Clärchen trat zur Seite und sah hinter der offensichtlich frisch frisierten und Duftwogen verbreitenden Frau einen hageren, fast schon ausgemergelten Mann in einem dunkelblauen Friseurkittel mit einem auffälligen Igelschnitt und einem Scheitel, der aussah wie mit dem Rasiermesser gezogen. In der Brusttasche des Kittels steckten ein Kamm und eine Schere. Die Frau entfernte sich. Der Hagere blieb in der Tür stehen. „Das ist vielleicht der Herr Meier, der Friseurmeister", dachte sich Clärchen.

„Sie sind bestimmt Fräulein Schmidt", sagte der Mann, „kommen Sie doch bitte herein in meinen Salon." Er hielt ihr die Tür offen und Clärchen betrat den Empfangsbereich des Friseurgeschäftes. Aus dem Herrensalon hörte sie Stimmen, im Damensalon fegte eine ältere Frau in einem hellblauen Kittel hektisch die auf dem Boden liegenden Haare zusammen. Eine Duftwolke umhüllte Clärchen. Der Wohlgeruch von schwerem Parfüm mischte sich mit den frischen Düften von Rasierwasser und Pomade. Die Noten von Rose, Veilchen, Orange, Zimt und Menthol erfüllten den kleinen Raum und umschmeichelten Clärchens feine Nase.

Der Mann humpelte ihr schwerfällig hinterher und wechselte sofort in die persönliche Anrede. „Du hast einen tollen Bruder! Du kannst stolz auf ihn sein! Und übrigens, du kannst Egon zu mir sagen."

Clärchen ging nicht auf das Angebot ein. Im Umgang mit älteren und fremden Personen gehörte sich das nicht. Zumindest war sie so erzogen worden. Ein übereiltes Duzen entsprach überhaupt nicht den Vorstellungen ihrer Eltern. Clärchen antwortete deshalb ausweichend: „Ich bin auch stolz auf meinen Bruder. Hoffentlich kommt er bald wieder. Unversehrt!"

„Ach. Bestimmt! Du wirst sehen." Egon machte eine wegwerfende Handbewegung. „Aber jetzt zu dir. Du möchtest also Friseurin werden? Hast du dir das gut überlegt? Warum hast du denn diesen Berufswunsch?", wollte er wissen.

„Ich habe schon als Kind den Eltern gerne die Haare gekämmt und auch die Haare meiner kleinen Schwester frisiert", antwortete Clärchen. „Und besonders gerne habe ich meiner Mutter Lockenwickler eingedreht. Manchmal durfte ich Vater auch seine Haare nachschneiden."

„Schön! Das hört sich gut an! Du kannst bei mir anfangen. Ich melde dich bei der Innung und es kann losgehen mit deiner Ausbildung. Komm doch übermorgen vorbei, ich bereite den Ausbildungsvertrag vor und du kannst dann in der Woche nach Ostern anfangen. Einverstanden? Entschuldige bitte, aber ich bin etwas in Eile, der nächste Kunde wartet. Heute herrscht wieder mal großer Andrang. Also? Möchtest du bei mir anfangen?"

„Ja, gerne!" Mehr fiel Clärchen dazu nicht ein. Natürlich war sie einverstanden. Ihre Berufswahl stand bereits lange fest. Sie war nur überrascht, dass sie so schnell eine Lehrstelle bekommen hatte. Und ihr neuer Chef schien ein freundlicher Mensch zu sein. Musste er ja auch, sonst wäre er kein Freund ihres Bruders. Heute erschien ihr Egon etwas forsch, aber daran würde sie sich bestimmt gewöhnen. Ihr zukünftiger Chef humpelte zurück zur Tür, öffnete sie und drückte Clärchen mit einem festen Griff die Hand. Dabei zeigte er ein gekünstelt wirkendes Lächeln, indem er die Mundwinkel nach außen zog. Die Augenfalten erreichte dieses Lächeln nicht.

* * *

Egons Kundenstamm vergrößerte sich stetig. Bald nahmen auch viele Soldaten und Rekruten aus den nahegelegenen Kasernen auf seinen Frisierstühlen Platz, so sie sich den recht üppigen Tarif für die fünfzehnminütige Prozedur in Egons Haartempel überhaupt leisten konnten. Alle fühlten sich in dem modern eingerichteten Salon mit dem stets gut gelaunten Haarkünstler Egon und seinen top gestylten Friseuren sehr wohl.

Das konnten Egons Mitbewerber nicht von sich behaupten. Die Beschwerden und Eingaben an die berufsständische Vertretung häuften sich in einem Maße, wie es die Innung seit ihrer Gründung in den siebziger Jahren des vergangenen Jahrhunderts als "Verband Deutscher Barbierherren" noch nicht verarbeiten musste. Viele seiner Kollegen wollten Egon einfach 'über den Löffel barbieren'. Dass Egon ihnen für ihre Proteste nur ein Lächeln entgegenbrachte und sie darüber hinaus auch noch als Neider bezeichnete, trug nicht zur Vergrößerung des Verständnisses mit seinen Kollegen bei.

Clärchen beherrschte den Umgang mit ihrem Handwerkszeug sehr schnell. Wie selbstverständlich arbeitete sie mit der Schere und der Haarschneidemaschine. Egon setzte sie daher bereits nach wenigen Monaten als Aushilfe im Herrensalon ein. Ihr anfängliches Unbehagen verflog sehr schnell und sie schnitt den Herren sehr gerne die Haare. Viele Männer musterten sie anerkennend. Sie spürte die Blicke der Männer in ihrem Rücken wie ein Prickeln auf ihrer Haut und fühlte sich geschmeichelt. Egons Kunden behandelten Clärchen wie eine erwachsene Frau und nicht wie ein Lehrmädchen im ersten Lehrjahr. Egon freute sich, dass Clärchen schnell lernte und im Herrensalon so gut zurechtkam.

Egon schmunzelte häufig, denn sein Geschäft entwickelte sich zu einem vollen Erfolg. Der Vater konnte stolz auf ihn sein! Dazu Egons guter Griff mit dem neuen, hübschen Lehrmädchen. Die Berufskollegen würden vor Neid platzen! Auch seine neue Geschäftsidee sprach sich gerade sehr schnell herum. Jeder Kunde, der nicht innerhalb von einer halben Stunde bedient wurde, bekam eine Tasse starken Kaffee. Bohnenkaffee! Keinen Muckefuck! Allein schon der Name war Egon ein Gräuel und die offizielle Bezeichnung *"Kaffee-Surrogat-Extrakt"* dieses Gerstenpulvers empfand er immer schon als schlichtweg geschäftsschädigend. Vor allem viele Rekruten der nahegelegenen Kaserne kamen in der Hoffnung, dass kein Friseurstuhl frei war, nur um im Wartebereich zu einer Zigarette eine Tasse Kaffee trinken zu können, und sich so etwas vom anstrengenden Drill zu erholen. (Viele Leute stellten sich die Frage, über welche Beziehungen Egon verfügte, um die immer knapper werdenden Kaffeebohnen zu beschaffen. Das fragte sich auch die Hitlerjugend und wollte den Leuten das Kaffeetrinken vermiesen, indem sie vor Egons Laden sangen: „Nicht für Egon ist der Türkentrank, schwächt seine Nerven, macht ihn blass und krank.")

Allerdings sorgten nicht nur der gute Kaffee und die Aussicht auf ein anregendes Gespräch mit Egon oder einem seiner Angestellten für einen so hohen Zuspruch. Der deutlich überwiegende Teil der Männer kam, in einigen Fällen angeblich auch häufiger als es die Haartracht notwendig erscheinen ließ, um mit Hilde,

17

Egons attraktiver Schwester, ins Gespräch zu kommen, während diese den Kaffee servierte. Es verging kein Tag, an dem Egon nicht behauptete, dass er seine Friseurkollegen auch wegen der optischen Vorzüge von Hilde im Vergleich zu deren Schwestern weit hinter sich ließ.

Wirkliche Chancen auf ein Gespräch oder vielleicht sogar einen kleinen Flirt besaßen jedoch nur die Offiziere. Für sie war der Dienstagnachmittag freigehalten. Nach der ersten Tasse Kaffee erhöhte sich bei einigen bereits der Blutdruck, zumindest spürten sie einen erhöhten Puls. Dann servierte Hilde zu dem Kaffee einen Weinbrand. Angeblich soll es nach dem Genuss des Alkohols bei dem einen oder anderen der Offiziere zu Herzrasen gekommen sein. So führte die Bewirtung im Wartebereich häufig zu einer ausgelassenen und durchweg fröhlichen Stimmung im Salon.

* * *

Für Clärchen jedoch gab es keine Fröhlichkeit mehr. Für sie zog die Schwermut ein. Günther war tot, gefallen vor Stalingrad. Die Nachricht bescherte ihr scheinbar nicht enden wollende, schreckliche Nächte. Schockstarren. Tränenunterlaufene Augen. Dunkle Augenringe. Ihre jugendliche Leichtigkeit und ihre Begeisterung für ihre Ausbildung verflüchtigten sich wie ein billiges Rasierwasser. Der so liebgewonnene Salon erschien Clärchen wie eine graue Pappkulisse. Nur noch grau in grau. „Du hast mir versprochen, zu uns zurückzukehren", dachte sie verzweifelt, „und jetzt sehe ich dich nie wieder". Clärchen starrte oft minutenlang in die Ferne. Ins Leere. Ihr Bruder. Ihr Vorbild. Ihr Halt. Tot! „Was soll ich nur ohne dich tun?", fragte sie sich immer und immer wieder.

* * *

„Spiegeln hat man das Lügen nicht beigebracht!", pflegte ihre Mutter zu sagen. Allerdings müsste er das bei Clärchen auch nicht. Sie war eine hübsche Erscheinung. Nicht zu groß für eine Frau und mit einer Figur wie gemalt. Mit ihrer schmalen Taille und der unaufdringlichen, aber ansprechenden Oberweite konnte sie es mit den Frauen auf den Titelseiten der bunten und glänzenden Magazine durchaus aufnehmen. Dazu hatte sie ein hübsches, schmales Gesicht mit glatter Haut und harmonischen Falten zwischen den Nasenflügeln und den Mundwinkeln. Vor allem wenn sie lächelte, wirkte sie mit dieser Gesichtspartie zusammen mit dem runden Kinn sehr sympathisch und anziehend. Sie war froh, dass ihr Vater seinerzeit auf die Vererbung seines starken und sehr energisch wirkenden Kinns und vor allem seiner schmalen Lippen verzichtet hatte.

Allerdings musste sie sich dafür mit einer etwas zu groß geratenen und leicht spitzen Nase abfinden. Ein für ihr Empfinden weniger gelungenes Merkmal. Clärchen versuchte dieses für sie sehr ärgerliche Manko mit großen, nach hinten gelegten Locken in ihren dunkelbraunen, langen Haaren auszugleichen. Die Augenbrauen hingegen hielt sie sehr schmal und rahmte damit gekonnt die feinen Züge um ihre mandelförmigen, braunen Augen.

Ihr gutes Aussehen, gepaart mit einer fast an Naivität grenzenden Gutgläubigkeit – wenn es nach ihrer Mutter ging auch Blauäugigkeit – würde ein sie verehrender Mann als liebenswerten Charakterzug an ihr schätzen und ihre nicht sonderlich gut ausgeprägte Menschenkenntnis niemals für seine männlichen Interessen ausnutzen.

Clärchen fand immer mehr Gefallen an ihrem Spiegelbild. Sie legte großen Wert auf ihr Äußeres. Ja, sie war mit ihrem Aussehen sehr zufrieden. Der Mann ihrer Träume konnte also bald kommen und sie auf Händen in eine schöne, gemeinsame Zukunft voller Liebe tragen, für ihr hervorragendes Auskommen sorgen, ihr Selbstwertgefühl von einer feinen Dame stärken und ihr, wann immer sie es wollte, Anerkennung für ihr ausgezeichnetes Aussehen und ihre guten Manieren schenken.

Sie konnte ihn kaum erwarten!

Horst

Das Fachwerkhaus von Tante Minna und ihrem Mann Wilhelm kannte Clärchen nur aus den Erzählungen ihrer Mutter. Die schwärmte von den roten Backsteinen zwischen den fast schwarzen Holzbalken und dem Reetdach, von dem mit Buchsbäumen eingefassten Garten und den großen Fliederbüschen und dem Spalierobst – und natürlich auch von ihrer großen Schwester Minna. Die hatte es geschafft. Ihr Wilhelm nahm sie 1916 während eines Heimaturlaubs zur Frau. Er unterstand der Geheimen Feldpolizei und wurde in Polen eingesetzt. Bis dahin hatte er in der Gutshof-Ziegelei als Ziegelbrenner gearbeitet. Dafür, dass er nicht an die Front nach Russland musste, konnte er sich bei dem Verwalter des Gutshofs bedanken. Der legte nämlich beim Dorfvorsteher Meier ein gutes Wort für ihn ein. (Eigentlich erinnerte der Verwalter den Meier nur an die wöchentlichen Lieferungen von Obst und Gemüse. Und vor allem an die Tatsache, dass er seinem unterbemittelten Sohn einen dauerhaften Arbeitsplatz auf dem Gutshof verschafft hatte.)

Der Verwalter wollte einen guten Arbeiter wie Wilhelm nicht im Krieg verlieren. Die jungen Männer sollten nicht alle auf den Schlachtfeldern liegen bleiben, denn nach dem Krieg würde es weitergehen. Auch mit dem Gutshof. Neues Leben musste Einzug halten. Der Gutsherr brauchte neue Arbeitskräfte. Er verstand es, seine Arbeiter an den Hof zu binden, sie abhängig zu machen. So auch Wilhelms Vater, der sich hinter dem östlich gelegenen, kargen Heidehügel ein Haus für sich und seine kleine Familie errichten durfte. Seitdem war er einer der treuesten Gefolgsleute des Gutsherrn und dessen Verwalter.

Wilhelms Kenntnisse als Ziegelbrenner machten ihn schnell unentbehrlich. Das wusste der Gutsverwalter. Nur Wilhelm wollte das nicht wahrhaben. Die Einschätzung seiner Kollegen, dass der Ziegeleibetrieb ohne ihn auf tönernen Füßen stehen würde, teilte er nicht. Also liefen auch die Verhandlungen für die Übernahme des elterlichen Kottens durch Wilhelm nach dem Ableben seines Vaters ganz im Sinne des Verwalters. Wilhelm übernahm nach kurzen Gesprächen nicht nur das Haus mit den hohen Pachtzinsen, sondern auch die Pachtschulden seines Vaters.

Minna zog zu ihrem Wilhelm. Ihre Schwiegermutter duldete sie im Haus. In diesem großen, wunderschönen Fachwerkhaus mit dem Garten und dem Stallgebäude für das Vieh. Sie war stolz, denn sie selbst kam aus ärmlichen Verhältnissen und war mit ihren fünf Geschwistern in einer kleinen Kate aufgewachsen. Jetzt brach für sie eine neue Zeitrechnung an: Minna übernahm von gestern auf heute als neue Herrscherin das Kommando über Haus und Garten – und eigentlich auch über Wilhelm. Der las ihr fast jeden Wunsch von den blaugrünen Augen ab. Hin und wieder geschah das für ihr Verständnis zu zögerlich. Dann half Minna halt etwas nach. Wilhelm pflegte kein großes Wort. Im Gegenteil, die schwere körperliche Arbeit in der Ziegelei forderte zunehmend ihren Tribut. Deshalb ließ er liebend gerne seine Minna erzählen. Und entscheiden!

* * *

Nun stand Clärchen mit ihrem Koffer in der Hand vor dem Fachwerkhaus und war überwältigt! Die Beschreibungen und Schwärmereien ihrer Mutter verstand sie jetzt sehr gut. Allerdings trafen sie nicht zu. Das alles hier war noch viel, viel schöner, größer, herrlicher, wie in einem Märchen. Ein Traum mitten in der Heideblüte. Clärchen freute sich, dass ihre Tante sie vorübergehend aufnehmen wollte, bis sie eine Arbeitsstelle in Hamburg gefunden hatte. Die Briefe ihrer Tante strahlten Herzlichkeit und Zuversicht aus. Die Zeilen mit der Höhe der Zimmermiete und Clärchens Pflicht zur Mithilfe in Haus und Garten lasen sich für sie wie das unwichtige Kleingedruckte unter ihren Arbeitsverträgen.

Sie freute sich auf das Wiedersehen mit ihrem Cousin Willi, den Mann von Welt, den Seefahrer, den Haudegen, den Piraten. Willi besaß fast zehn Jahre mehr Lebenserfahrung als sie. Das letzte Mal hatten sie sich kurz vor dem Kriegsbeginn in Osnabrück getroffen, im neu eröffneten Gasthof von Clärchens Mutter, dem "Estorff'scher Hof". Eine letzte, unbeschwerte Familienfeier. Damals zog Willi in seiner Matrosenuniform der Kriegsmarine alle Blicke auf sich, vor allem die der weiblichen Familienmitglieder und Gäste. Auch Clärchens jugendliche Blicke klebten an Willis Aussehen fest. Diese Gewichtheberstatur und die dunkelbraune Gesichtsfarbe, die mit seinen graublauen Augen und den kurz geschnittenen, fast schwarzen Haaren harmonierte. Zudem katapultierten seine Lippen die Erzählungen über die Seefahrt und Hamburg, der schönsten Seefahrerstadt der Welt, wie klebrige Zuckerwatte in ihr Gedächtnis.

„Erzähl doch mal, Willi, wie war deine erste Fahrt?", fragte Friedrich.

„Ja, die ging gleich über den großen Teich, nach Südamerika. Wir hatten große, schwere Holzkisten unter Deck. Unser Ziel war Argentinien, Buenos Aires", antwortete Willi mit seiner tiefen, klangvollen Stimme und nickte etwas dabei, um seinen Worten noch mehr Gewicht zu geben.

„Gleich so weit weg! Von wo aus seid ihr denn los, von Hamburg?", wollte Günther wissen.

„Na klar, von Hamburg", bestätigte Willi, „dem schönsten Hafen der Welt!", und nickte wieder bedächtig.

„Wie lange wart ihr auf See?", fragte Günther.

„Über sieben Wochen! Wir hatten schlechtes Wetter. Schon in der Biskaya gabs tagelang Sturm mit riesigen Wellen. Das war gar nicht schön!", erzählte Willi, schüttelte langsam seinen Kopf und zog die Augenbrauen dabei hoch. „Der Kahn rollte so stark, als wolle er nur Schwung holen, damit er sich um seine Längsachse drehen konnte. Das zog uns immer wieder die Beine weg." Er fing an zu schmunzeln. „Und der Schiffsjunge jammerte die ganze Zeit und wollte zurück nach Hamburg."

„Dann seid ihr auch über den Äquator gekommen. Bist du da getauft worden?", fragte Günther lachend.

„Na klar! Das war schließlich mein erstes Mal", erwiderte Willi, „und ich kann mich noch sehr gut daran erinnern!" Wieder dieses behäbige Nicken. „Ich musste mich auf ein altes Holzfass setzen und wurde von oben bis unten dick mit Kernseife eingerieben. Dann gabs Schnaps aus einer Pulle. Zum Schluss versuchten die Jungs, die Seife mit eiskaltem Seewasser abzuspülen. Brr." Willi schüttelte sich, so wie ein Hund nach einem Bad im Kanal.

„Aber sag mal, wie hat es dir in Argentinien denn gefallen?", wollte Friedrich wissen.

„Wir lagen nicht lange im Hafen. Nur die Ladung löschen und wieder neue an Bord nehmen. Für Landgänge hatten wir nur wenig Zeit. Ich fand die Stadt nicht schön, zumindest den Teil, den ich gesehen habe. War halt nicht mein Hamburg. Nichts geht über den Hamburger Hafen", antwortete Willi und blickte einen Moment lang wie entrückt in die Ferne.

Seit dieser Feier freute Clärchen sich auf Hamburg, die Weltstadt. Da wollte sie hin. Osnabrück entfliehen. In der Wohnung ihrer Eltern war es zu eng. In einem Zimmer wohnte immer noch die blonde Frau aus dem zerbombten Essen. Clärchen schlief auf der Couch im Wohnzimmer, ihre Schwester auf dem Chaiselongue. Kurz vor Kriegsende legte Clärchen ihre Gesellenprüfung im Friseurhandwerk mit der Note 'Gut' ab. Es folgten drei Jahre der Wanderschaft von einem zum nächsten Friseursalon. Voller innerer Unruhe. Rastlos. Unentschlossen. Ratlos.

Jetzt führte ihr Weg heraus aus der Enge, heraus aus der Provinz, hinein in die große weite Welt. Genauso wie ihren Bruder Günther damals im Krieg nach Frankreich und Russland. Ganz so weit sollte es dann doch nicht sein. Aber schon weg von hier. Sie wollte Menschen kennenlernen, Freunde gewinnen, in bessere Kreise eingeführt werden. Ihr Cousin schien dafür genau der Richtige zu sein. Der würde das alles für sie tun! Als der richtige Türöffner. Für Hamburg. Auch wenn da noch vieles in Schutt und Asche lag. „Aber wann war der richtige Zeitpunkt, wenn nicht jetzt, nach der Währungsumstellung?", fragte sich Clärchen. Die Alten in ihrer Familie waren sich sicher, dass es von nun an bergauf ginge. Wenn überhaupt, müsse man nur noch wenige Jahre mit wenig Essen, wenig Kohle und engen Wohnungen auskommen.

* * *

Ihr Zimmer im Haus der Tante war so klein, dass Clärchen sich wunderte, wie das schmale Bett und der kleine Tisch mit dem Stuhl überhaupt hineinpassten. Wie konnten sie durch die schmale und niedrige Tür überhaupt in dieses Zimmer gelangen? Offensichtlich handelte es sich um die

Puppenstube einer Zwergenfamilie. In einer Zimmerecke lagen die Ziegelsteine für das Vorwärmen des winterlichen Bettes auf dem Lehmfußboden. Die Vorhänge erinnerten Clärchen an Kohlesäcke. Der dünne Holzstab mühte sich ab, das unförmige, dunkle Gewebe mit den groben Nähten vor den beiden blinden Fensterscheiben zu halten. Die grob verputzten Wände waren wohl im vergangenen Jahrhundert das letzte Mal weiß getüncht worden. Die restliche Farbe in den Raumecken eroberten die feuchten, dunkelgraubraunen Pilzfamilien unbestimmter Herkunft in kreisförmigen Verbänden.

All das nahm Clärchen nur am Rande wahr. Es war ihr egal. Einen langen Aufenthalt plante sie sowieso nicht. Es handelte sich mehr um eine Stippvisite. Eine Art Sprungbrett nach Hamburg. Dort würde sie bestimmt ein angemessenes, hübsch möbliertes Zimmer finden.

* * *

Am Sonnabend kam dann endlich ihr Cousin. Das Familienvorbild! Der Mann von Welt! Mit dem Fahrrad direkt vom Lüneburger Bahnhof. Bis dahin hatte ihn der Zug aus Hamburg-Altona gebracht.

Den Krieg überlebte Willi nur mit viel Glück. Er diente auf einem Blockadebrecher, einem von Südamerika kommenden und von den Machthabern des 'Dritten Reiches' beschlagnahmten Handelsschiff, fuhr mit auf Versorgungsschiffen zu den Kameraden nach Norwegen, dann auf einem Minensuchboot vor der französischen Atlantikküste. Nach der Invasion geriet er in amerikanische Gefangenschaft und verbrachte ein gutes Jahr auf einer Baumwollfarm in Texas, bevor er nach einem weiteren halben Jahr Zwangsarbeit in den Niederlanden seinen Lebensabschnitt bei der

Kriegsmarine hinter sich ließ und auf mehreren Handelsschiffen seine Laufbahn fortsetzte.

Willi erreichte sein Ziel, Kapitän zu werden, mühelos. Seit einigen Monaten hielt er das Kapitänspatent in den Händen. Er begab sich in die Dienste einer großen Hamburger Reederei und fuhr mit Schuten und Barkassen im Hamburger Hafen zwischen den Anlegestellen hin und her. Die Hoffnung, bald mit einem neuen Schiff seiner Reederei auf große Fahrt zu gehen, war Willis ständige Begleitung. Er trug deshalb, einem alten Brauch folgend, seit ein paar Tagen einen goldenen Ohrring in seinem immer noch geröteten und leicht entzündeten linken Ohrläppchen. Er hoffte zwar, nicht irgendwann als Wasserleiche an einer fremden Küste angespült zu werden, doch wenigstens gab das Gold ihm die Hoffnung auf ein anständiges Begräbnis. Mehr ging nicht. Auch für seinen Aberglauben nicht.

Nun saß er auf einem alten, für ihn viel zu kleinen Damenfahrrad und schlingerte wie ein uralter Kahn in schwerer See den Sandweg von der kleinen Anhöhe hinunter zu seinem Elternhaus. Wie ein großer Junge auf einem Kinderrad. Sein offenes Jackett flatterte im süßlich schweren Duft des frischen Heidewindes, in heller Aufregung auf das bevorstehende Treffen mit seiner Cousine, die bereits seit Stunden auf der Holzbank neben dem Eingang, ihrem Beobachtungsposten, wartete. Gespannt. Neugierig. Voller Vorfreude. Aufgeregt. Das Putzen der letzten Wannen voll Buschbohnen fühlte sich an wie eine Ablenkung. Wie eine Beschäftigungstherapie.

Als sie Willi erkannte, schnellte sie hoch. Die meisten Bohnen fielen dabei aus der ruckartig auf der Bank abgestellten Schüssel auf die Erde. Clärchen lief ein paar Schritte in Willis Richtung, blieb stehen und winkte so ausgelassen, als versuchte sie, beide Hände von den Unterarmen zu lösen.

„Moin, moin, min Deern", rief Willi ihr im Absteigen entgegen.

Clärchen warf sich ihm an den Hals. Endlich! Ihr Willi! Das Fahrrad fiel zu Boden.

„Langsam, langsam! Lass mich am Leben!", lachte Willi. Er löste die sprachlos lächelnde Clärchen behutsam von seinem Hals und führte sie zur Bank zurück. Dort bückte er sich und sammelte die Bohnen auf. Dabei bewunderte Clärchen, noch immer sprachlos, weil sie endlich ihren Cousin wiedersah, seine schwarzen Schuhe und die Bügelfalten in seiner gutsitzenden schwarzen Hose.

„Da hast du aber ganze Arbeit geleistet. Die kannst du noch mal waschen!", meinte Willi und stellte die gefüllte Schüssel zurück auf die Bank.

„Schön, dass du hier bist. Ich freue mich. Wir haben uns so lange nicht gesehen," sagte Clärchen.

„Ja. Du musst mir alles aus Osnabrück erzählen. Wie geht es deiner Mutter? Warum willst du nach Hamburg? Meine Eltern kommen sicher gleich nach Hause. Was gibt's zu essen? Ich habe Hunger!"

Nach dem Abendessen zogen sich Willi und sein Vater nach draußen auf die Bank zurück, genossen die letzten warmen Sonnenstrahlen und unterhielten sich auf Platt. Entsetzen machte sich bei Clärchen breit, als sie den beiden Männern zuhörte. Ihr Willi unterhielt sich auf Plattdeutsch!? Unerhört! Die Sprache der Knechte und Mägde stand weit außerhalb von Clärchens Verständnis für gute Kultur. Aber wenn Willi meinte ... Ihm würde sie es verzeihen.

Tante Minna saß in der Wohnstube auf der Couch, beide Beine hochgelegt. Nur einen Moment lang. Die Knie wollten nicht mehr ohne Widerspruch den ganzen Tag ihre Dienste unentgeltlich zur Verfügung stellen. Ihr Kopf war zur Seite gefallen. Nur für einen Moment.

Lange würde der Abwasch für Clärchen nicht mehr dauern. Dann konnte sie endlich raus zu den Männern. Pläne schmieden mit Willi. Für Hamburg. Für ein neues Leben. Sie war aufgeregt!

* * *

Clärchens Allerwertester und der Gepäckträger von Willis Damenrad waren nicht gut aufeinander zu sprechen. Fast zwanzig Minuten dauerte die Tandemfahrt zum Bahnhof. Die harten Sitze im Zug brachten auch nicht die erhoffte Entspannung. Nach einer Stunde waren sie endlich in Hamburg. Clärchen war am Ziel ihrer Sehnsüchte und atmete tief ein. Die leichte Brise aus West roch nach Seeluft, nach Salz und Fisch. Genauso hatten die Osnabrücker die Hamburger Luft beschrieben! Die Druckstellen an ihren Hinterbacken spielten plötzlich nur noch eine Nebenrolle.

Willi bekam heute von seinem Arbeitgeber einen Tag frei und wollte sich um eine Anstellung und ein möbliertes Zimmer für Clärchen kümmern. Der Aufwand dafür hielt sich für ihren Cousin in recht engen Grenzen. Wofür gab er denn schließlich einen so großen Freundeskreis! In diesem Fall konnte ihm sein bester Freund Franz hervorragend weiterhelfen. Der wohnte in Blankenese, im Haus seines Onkels, eines ehemaligen Kapitäns. Franz konnte das ganze Obergeschoss sein Reich nennen und erlaubte es Willi, so lange bei ihm zu wohnen, bis der für sich etwas Passendes gefunden hatte. Das würde allerdings nicht in Blankenese sein! Mochten die Häuser dort auch noch so schön sein und er mit seinem Kapitänspatent zwischen all den Kapitänen und Ex-Kapitänen auch standesgemäß wohnen können. Die vielen Treppen aber gingen Willi auf die Nerven. Treppen, überall nur Treppen. Breite, schmale. Aber alle steil. Senkrecht. Bis in den Himmel.

Franz' Eltern betrieben einen Friseurladen in der Nähe des 'Portugiesenviertels' und suchten bereits seit längerem Verstärkung. Auf Willis Nachfrage waren sie auch bereit, für Clärchen ein möbliertes Zimmer in ihrem großen Haus in 'Bramfeld' herzurichten. Als die beiden dort nach einer kurzen Fahrt mit der Straßenbahn auf der kürzlich erst fertiggestellten Trasse ankamen, verflog Clärchens innere Unruhe sehr schnell. An der Seite ihres Cousins konnte ihr schließlich nichts passieren. Die beiden älteren Herrschaften stellten sich als sehr umgängliche Mitmenschen heraus. So besaß Clärchen nach einer Tasse Kaffee, ein paar Keksen und zwei Kirschlikören eine neue Anstellung als Friseurgehilfin und ein neues Zuhause im Dachgeschoss neben der Rumpelkammer.

„Und was machen wir jetzt mit dir? Du kennst hier doch niemanden!", sagte Willi beim Verlassen des Hauses mehr zu sich selbst als zu Clärchen.

Die sah ihn nur mit großen Augen an und antwortete: „Ich freue mich riesig, dass alles so gut geklappt hat. Danke. Ohne dich hätte ich das alles nicht geschafft!"

„Ach, das habe ich doch gerne gemacht. Für dich sowieso!", erwiderte Willi. Ruckartig blieb er stehen, sah Clärchen mit hochgezogenen Augenbrauen an und sagte: „Weißt du was? Ich treffe mich am Wochenende mit ein paar Leuten auf der Rennbahn. Komm doch einfach mit. Du kannst vorher deine Sachen in der Wohnung abstellen. Zur Rennbahn sind es dann nur drei Kilometer. Hast du Lust? Interessierst du dich überhaupt für Pferde? Aber egal! Es macht einfach Spaß da draußen. Abgemacht?"

„Was soll ich sagen?", meinte Clärchen. Auf einmal die Aussicht auf viele neue Menschen. Fremde, die wahrscheinlich alle älter als sie waren. Immerhin war sie gerade volljährig. Ein Grünschnabel, mehr nicht. Sie war sich unsicher.

„Also, dann kommst du mit! Das ist doch ein toller Start für dich in Hamburg!" Willi wollte gar nicht erst große Bedenken bei seiner Cousine aufkommen lassen.

„Wir fahren jetzt zurück zum Bahnhof und da hole ich dich am Sonnabend um drei wieder ab. Einverstanden?!"

„Na gut, wenn du meinst."

Bevor sie sich auf den Rückweg nach Lüneburg machte, kaufte sich Clärchen noch ein paar Ansichtskarten mit Hamburger Motiven und Briefmarken.

Liebe Mutti,

Hamburg war die richtige Wahl! Willi ist ein ganz toller Cousin.

Er hat mir eine Anstellung und ein Zimmer verschafft. Ich bin ihm so dankbar.

Außerdem will er mich in ein paar Tagen ausführen und seinen Freunden vorstellen.

Und bald wird er als Kapitän auf große Fahrt gehen!

Ich soll dich auch von Tante Minna und Onkel Wilhelm grüßen.

Wie du hörst, ist hier alles bestens gestellt. Du musst dir also keine Sorgen machen.

Viele Grüße an Vater und Helga

Deine Clärchen

* * *

Willi ließ sie allein. Das gehörte sich nicht. Auch wenn sie nur seine Cousine war. Clärchen fühlte sich wie abgestellt in der großen Wetthalle mit den riesigen weißen Wänden. Ihr war warm. Das von ihrer Mutter geschneiderte Kostüm war für einen so schönen Spätsommertag einfach zu vollständig. Aber chic! In einem feenhaften Lila. Einer Farbe, die ihrem geliebten Flieder erstaunlich ähnelte und ausgezeichnet zu ihrer gebräunten Haut passte. Das Kostümoberteil tailliert, darunter eine weiße Bluse. Der Rock lang und schmal. Die schwarze Unterarmtasche unterstrich den eleganten Stil des Kostüms. Ein echter Hingucker.

Trotzdem beachtete sie niemand. Clärchen sah nur Männer hektisch zwischen den Wettschaltern und den hohen Fenstern zur Rennbahn hin- und herhasten. Die meisten trugen helle Sommeranzüge und Hüte auf der kurzen Haarpracht. Viele mit Zigaretten zwischen den Lippen. Bei manch anderen klemmten Zigarren zwischen den Fingern ihrer linken Hände. Eine elektrisierende, gespannte und emotionsgeladene Stimmung lag in der mit Rauch geschwängerten Luft. Stimmengewirr. Männer standen mit Geldbörsen in ihren Händen zwischen den Bügeln vor den Wettschaltern. Genauso wie die Rennpferde in den Startboxen. Durchsagen. Fertig! Los! Das nächste Rennen war gestartet.

Wo blieb nur Willi? Clärchen sah sich unsicher um und wusste nicht, was sie tun sollte.

Sie sah einen jungen Mann. Mit seiner stabilen, bestimmt ein Meter fünfundneunzig hohen Gestalt lehnte er etwas ungelenk an einem der weiß getünchten Pfeiler, die rechte Hand in der Hosentasche seiner beigefarbenen Anzugshose vergraben. Die linke hielt einen Tippschein fest, den er mit hochgezogenen Augenbrauen anstarrte, als sähe er ihn zum ersten Mal. Die filterlose Zigarette im rechten Mundwinkel war offensichtlich in Vergessenheit geraten, denn sie bestand überwiegend aus Asche. Sein

Hut saß lässig auf dem Hinterkopf und diente als Nackenschutz. Die oberen beiden Knöpfe des weißen Hemdes standen offen und bekundeten ihre Kapitulation vor der üppig wuchernden rotblonden Brustbehaarung. Sein rundliches Gesicht schien nur aus Sommersprossen zu bestehen, die sich über das füllige Kinn und den kräftigen Hals in das Oberhemd ergossen.

Er drehte leicht den Kopf und sah Clärchen mit einem Lächeln an. Sie erwiderte seinen Blick. Daraufhin stieß er sich vom Pfeiler ab, warf die Zigarette auf den Boden und trat die restliche Glut auf dem Parkett aus. Der Tippschein verschwand in der Tasche seines Jacketts bevor er in seinen großen, hellbraunen Halbschuhen ungelenk wie ein gestiefelter Kater auf Clärchen zukam, seinen Hut lüftete, sie mit seinen grünen Silberblickaugen ansah und mit einer etwas hohen, leicht schrillen Stimme fragte: „Hat man Sie alleingelassen?"

„Nein, ich warte auf meinen Cousin. Der müsste jeden Moment kommen", antwortete Clärchen zurückhaltend leise, als warte sie auf ihren persönliche Beschützer.

„Aber Sie haben doch sicherlich nichts dagegen, dass ich Sie auf ein Bier oder eine Limonade einlade?", fragte er, zog dabei seine rechte Augenbraue hoch und deutete mit seiner rechten Sommersprossenhand auf die Theke neben den riesigen Fenstern mit Blick auf die Rennbahn.

Clärchen war überrascht. Mit einer derart höflichen Einladung hatte sie in der Hektik der Wetthalle überhaupt nicht gerechnet. Sie lächelte verlegen und sah etwas unsicher über ihre Schulter. Wo steckte bloß Willi? Aber das musste ihr jetzt egal sein. Offensichtlich war sie soeben von einem Mann von Welt auf sehr selbstbewusste Art eingeladen worden. Das gefiel ihr. Sie fühlte sich von ihm angezogen, von seinem Gesichtsausdruck, seinem Benehmen, seiner seriösen und modernen Art, sich zu kleiden.

„Na gut. Aber nur kurz!", antwortete Clärchen geziert. Obwohl? Willi könnte ruhig noch etwas auf sich warten lassen und sie eine Zeit lang mit diesem attraktiven Mann allein lassen! Das tat er dann auch. Ihre neue Bekanntschaft hieß schon nach dem ersten halben Glas Limonade Horst. Ein sehr interessanter Mann. Er studierte und wohnte in Hamburg! Ein Akademiker also, ein Gelehrter. Offensichtlich schien er viele Bekannte zu haben, denn häufig grüßten ihn vorbeigehende Männer. Ein paar klopften ihm auf seine Schulter und viele eilige Grußworte fielen. Clärchen nippte an dem Rest Limonade in ihrem Glas. Horst faszinierte sie. Unentwegt sah sie ihn an und hörte zu, wie er über Hamburg erzählte, als sei er hier geboren. Wie er Monologe über die Schönheiten der Stadt hielt, über die weltoffene Stadt.

„Hier steckst du!", rief plötzlich Willi und hatte ein paar Männer im Schlepptau, die sich sofort an die Theke begaben, nicht ohne Clärchen vorher ausgiebig zu mustern.

„Ja, Horst hat mich eingeladen und mir die Wartezeit verkürzt. Horst, darf ich vorstellen, das ist mein Cousin Willi", sagte Clärchen und lächelte Horst an. Die beiden Männer gaben sich die Hand.

„Kommst du mit zu meinen Freunden? Die Frauen kommen auch gleich! Ich habe ihnen so viel von dir erzählt. Jetzt wollen sie dich auch kennenlernen!", sagte Willi. An Horst gewandt fügte er hinzu: „Ich muss Ihnen Clärchen jetzt leider entführen!"

„Schade!" Horst kramte in seiner linken Jackett-Tasche, holte den Tippschein hervor und hielt ihn Clärchen hin wie einen Verlobungsring. „Hier, vielleicht hast du mehr Glück als ich. Wenn du Lust hast, sehen wir uns nächstes Wochenende wieder hier und dann können wir gemeinsam nachschauen, ob du etwas gewonnen hast. Einverstanden?" Er sah Clärchen mit seinem grünen

Silberblick an und zog dabei seine rechte Augenbraue bis zum Haaransatz hoch.

Diese grünen Augen! Clärchen war verzaubert, wurde von diesen Augen gefangen genommen. Genauso hatten immer die grünen Augen ihres toten Bruders, ihrem großen Vorbild, geleuchtet.

„Mal sehen. Vielleicht?", erwiderte Clärchen und nahm den Tippschein. Errötete sie leicht? Sie schob sich vom Barhocker, strich ihren Rock glatt, stellte sich neben Willi und sah Horst lächelnd an.

„Herzlichen Dank für die Limonade! Und auf Wiedersehen."

„Dann auf Wiedersehen, bis nächsten Sonnabend", sagte Horst. Die Augenbraue schien in seinen kurzen Haaren zu verschwinden.

Liebe Mutti,

mir geht es gut. Hamburg gefällt mir immer noch. Im Salon gibt es viel zu tun. Viel Freizeit habe ich nicht.

Am Sonntag schlafe ich mich aus und montags erkunde ich meine Umgebung. Willi habe ich länger nicht mehr getroffen, weil er viel im Hafen unterwegs ist.

Liebe Grüße

Deine Clärchen

* * *

Schlagartig erwachte Horst, stützte sich ruckartig auf die Unterarme und blinzelte mit den Augen, als wolle er die letzten Schleier der Nacht vertreiben. Schon wieder ein

35

Albtraum! Sie kamen immer häufiger. Diesmal war er auf eine große geschlossene Holztür zugerannt, die mit einem riesigen Vorhängeschloss an einer dicken straffen Kette verriegelt war. Dabei wurde er von Tippscheinen in schwarzen Anzügen verfolgt. Alle trugen Zylinder. In ihren Händen hielten sie Gerten, Peitschen, neunschwänzige Katzen. Widerliche Träume! Aber was hatte seine Mutter immer gesagt, wenn er als Kind schlecht geträumt hatte? „Träume sind Schäume, Junge!" Hoffentlich lag sie richtig!

Wie gerädert stand Horst auf. Die Doppelkopfrunde hatte sich erst weit nach Mitternacht aufgelöst. Sein ganzes Geld besaßen jetzt die Mitspieler, weil er sich nicht auf das Spiel konzentrieren konnte. Die Gedanken an Clärchen frästen sich durch sein Hirn. Ihr Aussehen in dem engen Kostüm! Diese Figur! Ihr damenhaftes Verhalten. Einfach fantastisch! „Schön, dass du sie angesprochen hast!", dachte Horst und augenblicklich spürte er sein Hormonchaos! Beim nächsten Gedanken an sie fühlte er sich dann leicht wie eine Feder. Völliges Durcheinander!

Er setzte sich einen Kaffee auf und sah wieder Clärchen vor sich. Hoffentlich kam sie nächsten Sonnabend zur Rennbahn. Zu gerne würde er sie wiedersehen, mit ihr plaudern und ihr Lachen hören. Mit ihr zusammen ein paar Wetten abschließen.

Ja, wetten! Wetten war sein Leben. Und spielen. Seine DNA bestand aus Doppelkopf, Mensch ärger dich nicht, Mühle, Dame, Halma, Fang den Hut. Und Wetten! Wetten! Horst brauchte die Anspannung, die Adrenalinschübe. Wetten zogen ihn magisch an, entsprachen seinem Naturell. Nervenkitzel inklusive! Er wollte seine Gänsehaut spüren. Den schnell ansteigenden Blutdruck. Seinen pochenden Puls.

Allerdings gab es das alles nur mit ausreichend Geld für die Einsätze. Das ging ihm jedoch langsam aus, denn zurzeit lief es nicht gut. Aus einer anfänglich nur kurzen Pechsträhne entwickelten sich zunehmend pechrabenschwarze Fallstricke. Er konnte nicht mehr gewinnen. War das denn zu viel verlangt? Einfach mal wieder gewinnen! Für seine Seele, für seine Nerven, für sein Wohlbefinden, sein Ego. Früher wollte er jedes Spiel gewinnen. Er sah das wie einen Wettkampf. Nach einem verlorenen Spiel war er ungenießbar. Denn für ihn fühlte es sich nicht wie ein Spiel an, das er verlor, sondern wie eine Auseinandersetzung, fast wie ein Kampf oder ein Krieg. Er erinnerte sich noch wie heute an den Tag, an dem sein Vater und sein Onkel ihm Doppelkopf beibrachten. Ohne Skrupel forderten die beiden ihn auf, sein ganzes Taschengeld auf den Tisch zu legen. Jeder von ihnen legte dieselbe Summe vor sich auf den Tisch. Sie erklärten ihm die Regeln und es ging los. Ein paar Spiele später besaß Horst für den noch langen Monat kein Taschengeld mehr. Die beiden Männer steckten daraufhin ihr Geld und ihren Gewinn ein, legten die Karten zusammen und gingen.

Später, mit dem Beginn seiner Ausbildung zum Maurer, begann das Spielen um Geld erst richtig. Im zweiten Lehrjahr musste er mit den anderen Jungs aus seinem Dorf auf Anordnung des neuen Dorfvorstehers Bunker, Unterstände und Schutzräume bauen. Während der Pausen, vor allem aber abends, nahm er seinen Kameraden dann deren Geld ab. Mit einem Kartenspiel oder dem Münzenwerfen gegen eine Wand. Genauso skrupellos wie seine Lehrer.

Nach dem Ende der Lehre wurde Horst zum Flakhelfer ausgebildet. Er sah darin keinen Sinn, Europa gehörte doch fast ganz den 'Nazis' und die paar feindlichen Flugzeuge über dem Emsland bereiteten ihm keine Sorgen. Allerdings nahm vor allem die Zahl der großen Flugzeuge stetig zu, das registrierte auch Horst, denn sie schossen mehr und mehr auf feindliche Bomber.

Immer häufiger mussten Flugblätter eingesammelt werden. Kriegsgefangene und Häftlinge zogen durch ihr Dorf zu den Arbeitslagern im Moor. Horst hörte von einer Invasion am Atlantik. Dann kam das Kriegsende. Wochenlang war er in Ostfriesland interniert. Dann spielte er vor allem um Zigaretten. Oder um eine Scheibe Brot.

Das Spiel um einen Platz auf dem kleinen elterlichen Kartoffelhof verlor Horst schon vor dem Spielbeginn. Sein Vater, Mitglied der NSDAP, verschwand mit dem Ende des Krieges. Seine Mutter unterhielt schnell ein Verhältnis mit einem Kriegsheimkehrer.

Die Erdäpfel allein konnten die drei Geschwister nicht ernähren. Horsts Schwester heiratete einen wesentlich älteren Bauernsohn aus dem Nachbardorf. Horst musste gehen, sein Bruder durfte bleiben. So bestimmte es seine herrische, kettenrauchende Mutter.

Bauer wollte Horst mit seinem Gesellenbrief als Maurer sowieso nicht werden. Schon gar nicht bei diesen Kleingeistern hier in der Provinz. Alles war klein und damit zu mickrig für ihn! Und dann hörte er auch noch von den niederländischen Gebietsansprüchen nach dem Krieg. „Ab durch die Mitte!", wurde schnell Horsts Devise. Sie nistete sich regelrecht in seinem Kopf ein, verklebte sein ganzes Denken. Fort von den Kleingeistern. Weg von seiner Mutter!

Woher kam eigentlich der Floh in seinem Ohr mit dem Studium in Hamburg?

* * *

Die kleine Erdgeschosswohnung mit der Toilette über dem Hof finanzierte Horst in den ersten Monaten mit einer Anstellung in einem Baugeschäft. Drei Tage die Woche schuftete er dort, zwei Tage studierte er an der Bauschule Vermessungswesen, ein neuer Studiengang ab dem

Sommersemester. Die restlichen zwei Tage verbrachte er auf der Trabrennbahn mit Wetten. Die Abende gehörten dem Zocken. Mehr brauchte er nicht. Er kam zurecht, auch ohne Unterstützung durch seine Mutter. Es lief, Horst fühlte sich gut.

Häufig malte er sich seine Zukunft in München aus. Mit einer sehr gut dotierten Anstellung als Vermessungstechniker, einer Wohnung mit Blick auf die Berge. Die Wochenenden würde er auf den Rennbahnen in 'Riem' oder 'Daglfing' verbringen.

Seine erste längere Pechsträhne kam nach etwa einem halben Jahr, wie aus dem Nichts. So etwas kannte er nicht. Doch plötzlich lagen alle seine Tipps daneben. Egal, ob auf Platz oder auf Sieg. Horst pflasterte das Parkett der Wetthalle mit seinen Zetteln. Wettverlierer! Beim Doppelkopf wurden die Damen zur Mangelware. Häufig fing man seinen Fuchs.

Sein Geld auch. Er saß finanziell in der Klemme, ausgerechnet in Hamburg machte sich die Ebbe in seinem Portemonnaie breit. Er lieh sich Geld von einem Bekannten. Langsam verblasste seine Pechsträhne und Horst fing an, die Zinsen für seine Schulden zurückzuzahlen. Geht doch! Die Leichtigkeit kehrte zurück. Horst fühlte sich wieder gut und verbrachte an den Wochenenden jede freie Stunde auf der Trabrennbahn. Ja, er lief wieder los wie ein Rotschimmel mit Scheuklappen. Den Boulevard der Verlierer hatte er endlich verlassen. Da kam Clärchen gerade zum richtigen Zeitpunkt. Sie musste seine Glückssträhne sein, seine Schutzpatronin. Mehr noch: seine Glücksgöttin.

Die beiden verbrachten ein paar fantastische Wochenenden auf der Trabrennbahn. Horst stellte Clärchen seine Wettbekanntschaften vor, erzählte ihr von den Trabern, Fahrern und Sulkys, vom Wetten. Er spendierte ihr Getränke und kleine Mahlzeiten. Clärchen fühlte sich hofiert. Wie eine Dame aus besserem Hause. Horst trat als Mann von Welt auf. Als ihr Kavalier.

* * *

Und tatsächlich brachte Clärchen ihrem Kavalier Glück. Zwar nicht mit dem Tipp ihrer ersten Begegnung; der stellte sich als Niete heraus, aber gleich die erste gemeinsame Wette war ein Treffer. Allerdings kostete Horst der todsichere Tipp auch ein paar Scheine. Aber egal. Er gewann und das mit Clärchen zusammen! Wenn das kein gutes Omen war! Horst kostete die Überraschung im Kreis seiner Wettbekanntschaften aus. Er sprang hin und her, war ganz aus dem Häuschen, voller Euphorie! Er streckte seine Hand mit dem Tippschein in Richtung der großen Kugelleuchten unter der Decke, zu seinen Wettsonnen. Alle sollten ihn sehen! Dann nahm er seinen gestreckten Arm langsam herunter, hielt den Tippschein in Clärchens Richtung und rief: „Du hast mir Glück gebracht! Du bist meine Glücksgöttin!"

Clärchen errötete leicht. Ihr fiel nichts Besseres ein, als ihre Tasche fest unter den Arm zu klemmen und zu applaudieren. Dann gab es Sekt für alle. Clärchen war Alkohol nicht gewohnt und daher schnell beschwipst. Allzu gern ließ sie sich daher von Horst zeigen, worauf es bei dem Tippschein ankommt. Nach einem weiteren Glas Prickelwasser zeigte Horst ihr dann seine Wohnung und noch einiges mehr.

Eine Woche später zog Clärchen bei Horst ein. Von ihrem Dachgeschoss in sein Erdgeschoss. Dafür schleppte sie ihren schweren Koffer gerne alleine über den knappen Kilometer über das holprige Kopfsteinpflaster. Sie freute sich, denn vor ihr lag eine Zeit der Lebensfreude, Leidenschaft und Lust.

40

Die meiste Freizeit verbrachten sie auf der Rennbahn, zwischen all den für Clärchen unbekannten Männern. Wenn überhaupt, dann schienen sie nur flüchtige Bekannte von Horst zu sein. Wettschalter-Bekanntschaften. Frauen ließen sich nur selten blicken. Das fiel Clärchen natürlich auf, sie machte sich aber nichts daraus. Manchmal gesellte sie sich zu den wenigen an die Bar. Viele Frauen langweilten sich, warteten auf ihre Männer, wirkten abwesend und tranken etwas, weil sie sonst nichts zu tun hatten.

Heute setzte Clärchen sich ausnahmsweise an den großen ovalen Eichentisch in der Nähe der Theke. Ihre Beine taten weh; das lange Stehen im Salon machte ihr heute zu schaffen. Sie bestellte sich eine Limonade und ließ das Treiben und die Hektik in der Wetthalle in aller Ruhe auf sich wirken. Es störte sie nicht, dass am anderen Ende des Tisches bereits eine Frau mittleren Alters mit hochgesteckten roten Haaren saß, ihr rechtes Bein übergeschlagen und mit dem Fuß gelangweilt wippend. Die Rothaarige zeigte der Halle ihren Rücken, als müsse sie sich vor den unwiderstehlichen Blicken einer Medusa schützen. Clärchen trank einen kleinen Schluck Limonade und versuchte, Horst zwischen den raumhohen Fenstern und den Wettschaltern zwischen den vielen Männern zu entdecken. Gedankenverloren drehte sie dabei die Flasche auf dem vom vielen Wischen glänzenden Holztisch.

„Und du, wartest du auch auf deinen Mann? Ich habe dich hier noch nicht gesehen!", überraschte die Rothaarige Clärchen und redete, ohne eine Antwort abzuwarten, weiter: „Wir sind heute Abend zu einer Geburtstagsfeier eingeladen. Deshalb geht's mal früher von der Rennbahn nach Hause."

Clärchen sah die Frau an, zuckte leicht mit ihren Schultern und hoffte, nicht in ein Gespräch verwickelt zu werden. Aber die Gefahr bestand nicht. Die Frau sprach

41

einfach weiter. Offensichtlich wartete sie nicht auf eine Antwort.

„Vorher gehen wir noch einen kleinen Happen essen. Hermann isst ja den ganzen Tag nichts und hat deshalb nachmittags immer Hunger. Er wird mich bestimmt gleich abholen!" Sie sah Clärchen nicht an, sondern konzentrierte sich auf ihren Fuß, als habe sie an der wippenden Fußspitze etwas Interessantes entdeckt.

Clärchen wartete ungeduldig weiter auf Horst. Langsam drehte sie die kleine Getränkeflasche und sah sich lange das Etikett an, als wolle sie es auswendig lernen. Horst wollte sie gleich abholen. Clärchen freute sich darauf, mit ihm die elektrisierende Spannung auf dem Wettparkett zu genießen. Im Anschluss würden sie entweder gemeinsam einen Gewinn feiern oder aber die falsche Platzierung eines Trabers beklagen.

* * *

Auf dem Weg von der Rennbahn zu ihrer Wohnung gingen sie nur selten an einer kleinen Gastwirtschaft vorbei. Hier wurde Horsts Lieblingsgericht aufgetischt: Eisbein mit Sauerkraut und Salzkartoffeln. Das Eisbein war knusprig gebacken. Das erste Mal zog Clärchen die Nase kraus und bestellte sich in Essig eingelegte Heringe mit einer Scheibe Graubrot und hatte prompt das Glück, zusätzlich etwas Rogen zu bekommen. Lecker! Irgendwann gab sie dem Drängen von Horst nach und probierte ein kross gebratenes Stück Eisbein von seiner Gabel. Ihre Augen weiteten sich augenblicklich und machten einem begeisterten Ausdruck Platz. Die neue Reihenfolge ihrer Lieblingsspeisen stand fest!

Auch in ihrer Eisbein-Gaststätte verkehrten nur wenige Frauen. Mochten die Hamburger Frauen kein Eisbein? Oder machte sie ein saurer Hering zu lustig?

Egal! Von Dienstag bis Sonnabend sah sie im Friseursalon den ganzen Tag über sowieso fast nur Frauen. Lustige Frauen, dicke, dünne, saure Frauen. Sie sah länger auf Köpfe, als ihr lieb war, denn ihre vielen Überstunden erreichten langsam haarsträubende Dimensionen. Zu Hause sah sie die Köpfe häufig wieder, wenn sie nebenbei ein paar D-Mark für die gemeinsamen Wetten mit Horst und das gemeinsame Eisbein mit dem Kämmen und dem Legen der Haare dieser Frauen verdiente.

Kaum dass die zumeist älteren Frauen auf dem Küchenstuhl saßen und Clärchens Umhang auf ihren Schultern spürten, fingen sie unaufgefordert an zu erzählen. Die Brünette kürzlich ließ es sich nicht nehmen, eine Viertelstunde von ihrer neuen Frisur zu schwärmen.

„Mein Mann findet meine neue Frisur ganz toll! Er mag die großen Locken sehr gerne!"

„Ja, die machen sich sehr gut bei Ihnen", erwiderte Clärchen gelangweilt.

„Meine Freundinnen waren auch schon ganz neidisch und wollten wissen, zu welchem Friseur ich gehe."

„Mhm."

„Dabei ist es sehr praktisch. Ich stecke die Haare bei der Gartenarbeit oder in der Küche dann einfach hoch! Und die Frisur …"

Während ihre Kundschaft plauderte, fand Clärchen sich häufig in Gedanken wieder, froh, dass selten eine Antwort von ihr erwartet wurde. Dann malte sie sich die Zeit nach Horsts Studium und seine gut dotierte Anstellung in den schillerndsten Farben aus. Sie freute sich auf das neue Leben mit wirklichen Freunden und deren Frauen. Dann umgaben sie nicht mehr nur Männer wie auf dem Parkett der Wetthalle. Dann erwartete sie ein neues Leben fernab der Trabrennbahn.

So wie kürzlich, als das Geläuf die nicht enden wollenden starken Regenfälle wie ein Schwamm aufsog und sich zwei Wochen lang kein Traber auf die Bahn traute. Clärchen freute sich auf die Stunden mit Horst. Der jedoch zog sich zurück, war missgelaunt und mürrisch, sodass sie sich nicht einmal trauen konnte, ihn anzusprechen. Erst gegen Abend hellte sich seine Stimmung wieder auf. Spätestens nach dem Abendessen ließ er Clärchen jedoch allein, um irgendwo zu arbeiten. Mit dem Nachlassen der Niederschläge besserte sich seine Stimmung zunehmend. Er zeigte sich immer fröhlicher, scherzte herum. Er konnte es offensichtlich kaum erwarten, wieder zur Rennbahn zu gehen. Clärchen empfand ihn draufgängerisch. So stellte sie sich einen Mann vor!

* * *

Der Mann in dem dunklen Anzug strahlte etwas Unheimliches aus. Kürzlich hatte er vor der Wohnung auf Horst gewartet. Sein schmales Gesicht war von Pockennarben übersät, eine gewaltige Boxernase schien als Blickfang davon ablenken zu wollen. Sein Hut saß ihm in seinem ausrasierten Stiernacken. Als Horst auf die Straße trat, lief die Boxernase sofort auf ihn zu, fing an ihn zu bedrängen und zischend wie eine Schlange auf Horst einzureden, während er stark gestikulierte. Obwohl das Küchenfenster leicht geöffnet war, konnte Clärchen keine klaren Worte verstehen. Trotz seiner offensichtlichen körperlichen Überlegenheit unternahm Horst nichts, sondern beschleunigte nur seine Schritte. Die zwielichtige Gestalt blieb an seiner Seite und redete weiter auf ihn ein. Dann verschwanden beide aus Clärchens Blickfeld. Sprachlos und kopfschüttelnd stand sie am Küchenfenster und konnte nicht fassen, warum Horst diesem Mann nicht energisch entgegentrat und ihn in seine Schranken verwies.

Auch als sie ihn später darauf ansprach, war sie von seiner Reaktion überrascht. „Ach, mach dir nichts aus dem. Der ist so. Er ist etwas komisch, aber ich komme mit ihm zurecht!" Clärchen runzelte die Stirn, gab sich aber mit seiner kurzen Stellungnahme und der knappen Charakterisierung des Aufdringlings kurz vor dem Zubettgehen zufrieden.

* * *

Die vergangenen Wochen brauchte Horst immer wieder Geld und Clärchen half dann gerne aus. Ihre Träume von einem unbeschwerten und finanziell unabhängigen Leben würden sicherlich bald in Erfüllung gehen.

„Wir müssen uns an der Schule neue Bücher anschaffen", sagte Horst. „Und dann möchte ich noch an einer zweitägigen Exkursion ins 'Alte Land' teilnehmen. Es geht um Vermessungsübungen. Kannst du mir noch mal etwas Geld leihen?"

„Muss das denn wirklich alles sein?", wollte Clärchen wissen.

„Ja, ohne die Bücher dauert alles länger und ich komme wohl nicht ins nächste Semester! Und ohne die Praxisübungen schon gar nicht!", rechtfertigte Horst seine Bitte.

„Ich kann dir 30 Mark leihen. Reicht das?", bot sie ihm an.

„Auf jeden Fall komme ich damit erstmal weiter. Danke. Du bekommst es bald zurück, versprochen!"

Clärchen gab Horst das Geld gerne. Allerdings beschlich sie in letzter Zeit öfter ein Gefühl, das sie nicht genau beschreiben konnte. Die Bauschule kannte sie nicht. Wie studierte man überhaupt? Sie kannte nicht einen einzigen Studienkollegen von Horst, nicht einmal einen Namen. Dafür waren ihr einige Typen von der Rennbahn sehr gut, aber leider unangenehm, in Erinnerung. Sie entwickelte eine richtige Abneigung gegen diese Sorte Männer, die ihre Mutter für gewöhnlich als 'zwielichtige Gestalten', 'nicht ganz astrein' oder 'suspekt' titulierte.

So wie der Typ, der vorgestern in der Dämmerung auf der anderen Straßenseite im Schatten des Hauseingangs von Nummer 32 stand und rauchte. Sie konnte ihn in seinem dunklen Anzug nicht erkennen, meinte jedoch, die große Boxernase wiederzuerkennen, wenn er an seiner Zigarette zog. Kurz nachdem sie ihn entdeckt hatte, verschwand der Mann. Clärchen war Horsts Umgang mit diesen Männern nicht recht. Aber der wollte sich von ihr nicht vorschreiben lassen, mit wem er verkehrte. Auf keinen Fall wollte er sich einengen lassen.

Das tat Clärchen auch nicht. Horst war jeden Abend unterwegs. Manchmal ging er in sauberem Arbeitszeug aus der Wohnung, um einem seiner Freunde beim Verputzen oder Maurern zu helfen. Offensichtlich verstand Horst einiges von seinem Fach, denn er kam immer ohne einen Flecken Mörtel auf der schwarzen Arbeitshose wieder nach Hause. Allerdings brachte er auch kein Geld mit. Wenn Clärchen ihn darauf ansprach, sah Horst sie überrascht und entnervt an, als sei sie dafür verantwortlich, dass er wieder mal nicht entlohnt worden war. Immer häufiger fiel das Eisbeinessen nach ihren Stunden auf der Trabrennbahn aus. Ihr Geld wurde immer knapper und Schmalhans zum Küchenmeister.

„Sag mal, kann deine Familie uns nicht etwas schicken? Wir haben kaum noch Geld. Ihr habt doch einen Bauernhof, oder?" Clärchen hatte bis spätabends auf Horst gewartet. Sie saß am Küchentisch und konfrontierte ihn nach seinem Eintreten in die Wohnung ohne

Begrüßung mit ihrer Forderung. Horst setzte sich ihr gegenüber an den Tisch und sah sie einfach nur an, ohne etwas zu sagen. Dann zog er seine rechte Augenbraue etwas hoch und lächelte. Clärchen lächelte zurück. Und schon bereute sie es, Horst so überfallen zu haben. Der ließ auch keinerlei Absicht erkennen, darauf einzugehen. Also wartete sie weiter auf eine Antwort, gefühlt länger, als das Eindrehen der Lockenwickler für eine Dauerwelle dauerte. Ihre Bitte musste an seinen enganliegenden Ohren vorbeigerauscht sein, denn er lächelte sie weiterhin nur an.

„Und?" Clärchen nahm ihren Mut zusammen, denn sie wollte eine Antwort. „Wann lerne ich mal deine Familie kennen? Kann deine Mutter uns nicht mal unterstützen? Die hat doch viel mehr Möglichkeiten mit dem Bauernhof, oder?"

Horst schwieg. Sein Lächeln verschwand und er zog die Augenbrauen zusammen. Über der Nase entstanden Furchen, tief wie Canyons. Er stützte die Hände auf den Tisch und stand auf.

„Deine Familie kenne ich auch nicht!", antwortete er, drehte sich um und verschwand im Schlafzimmer.

* * *

Mit wem sollte Clärchen reden? Auf der Rennbahn gab es niemanden, dem sie sich anvertrauen konnte. Eine Freundin gab es bisher in Hamburg nicht! Ein Brief an ihre Mutter schied aus. Die konnte sie auf keinen Fall um Rat fragen. Vorwürfe wären die Folge gewesen, nichts als Vorwürfe. Was machte sie nur falsch? Horst hatte all ihre Ersparnisse aufgebraucht. Das verbliebene Geld reichte nicht mal für gute Butter. Was sollte sie nur machen? So ging es nicht weiter!

Mit Schrecken dachte sie an die zwielichtige Gestalt mit dem Riesenriecher, die gestern Abend an das Küchenfenster geklopft hatte, den Hut tief im Nacken, die Stirn an der Scheibe, die Hände wie Scheuklappen links und rechts neben den Augen, um besser ins Innere der Wohnung sehen zu können. Ihr Verstand setzte einen Moment aus. Dafür verwandelte sich ihr Herz augenblicklich in einen Kasper. Panik!

„Ist Horst da?", rief der Typ und die Scheibe beschlug an der Stelle, die seine Worte berührt hatten. Nein, war er nicht!

Erschrocken sprang Clärchen von ihrem Stuhl hoch, warf ihn dabei um, und war geistesgegenwärtig mit einem Satz am Lichtschalter. Ein Dreh, Dunkelheit. Hinter der Scheibe leuchtete eine Zigarette, dann verschwand sie langsam. Clärchen vernahm ein Ausspucken und hörte jemanden leise fluchen.

„Scheiße!"

Den Rücken gegen die verschlossene Etagentür gepresst, befand sie sich in Schockstarre. Mit ihrer rechten Hand blockierte sie den Türgriff, indem sie ihn nach oben drückte – eine halbe Stunde lang. Sie hatte so viel Angst, dass ihr der Schweiß auf der Stirn stand. Doch da war noch ein Gefühl – Wut. Warum unternahm Horst nichts? Wo war er? So ging es nicht weiter!

Am Abend ihres freien Tages fand Clärchen sich am Nikolaifleet vor dem Reedereigebäude wieder. Sie wartete auf Willi. Auch wenn der ihr die vergangenen Monate nicht mehr so wichtig erschienen war. Zu sehr war sie mit ihrem neuen Leben und Horst beschäftigt gewesen. Doch nun war sie sich sicher, dass Willi ihre letzte Hoffnung war. Er musste doch wissen, was es zu tun gab. Dies war nun schon ihr zweiter Versuch, den Cousin zu treffen. Vergangene Woche lief sie in ihrer Mittagspause vom Friseursalon zur Reederei, in der

Hoffnung, ihn spontan dort anzutreffen. Aber Fehlanzeige! Sie hatte eine Viertelstunde gewartet und sich dann beim Pförtner über Willis Arbeitszeiten erkundigt.

Dieses Mal war sie also vorbereitet. Als sie ihn draußen erblickte, rief sie ihm von der gegenüberliegenden Straßenseite ein „Hallo Willi" zu. Der sah überrascht zu ihr und eilte dann schnell über das Kopfsteinpflaster. Eine Brotdose aus Blech klemmte unter seinem Arm.

„Moin, Clärchen. Was machst du denn hier?", wollte er wissen. Wie um eine Antwort verlegen, warf die sich an seinen Hals und fing übergangslos an zu weinen. Sein Bart badete augenblicklich in ihren Tränen.

„Ich weiß nicht mehr, was ich tun soll!", presste Clärchen hervor. „Ich habe kein Geld mehr, Horst verdient nichts dazu und ist kaum noch zu Hause. Ich kann nicht mehr! Dann auch noch dieser ekelige Typ mit der Boxernase!"

„Nun mal langsam! Eins nach dem anderen! Komm, wir setzen uns da hinten in die Kneipe und du erzählst mir alles. Hier auf der Straße ist es mir zu kalt", versuchte Willi sie zu beruhigen.

Zwei Kümmelschnaps später fühlte Willi sich in Clärchens Beziehungswelt genauso zu Hause wie sie selbst. Immer noch flossen ihre Tränen in sein Taschentuch.

„Jetzt beruhig dich doch! Es gibt für alles eine Lösung. Da schippern wir dich schon raus. Du wirst schon sehen. Aber hör jetzt bitte auf zu weinen. Noch einen Schnaps?" Willi hob kurz seinen rechten Arm und winkte der Kellnerin.

„Nein, danke. Ich bin jetzt schon ganz tüdelig. Aber was soll ich denn machen? Ich habe ihn doch lieb! Kannst du nicht mit Horst reden?", fragte Clärchen verzweifelt.

Eine korpulente junge Frau, eingehüllt in einer riesigen, vor langer Zeit wahrscheinlich weißen Schürze, deren große Fettflecken auch die letzten Waschgänge nichts anhaben konnten, stellte zwei weitere Kümmelkorn auf den Tisch und malte zwei Bleistiftkreuze auf die Bierdeckel.

„Ich wollte doch keinen mehr!", protestierte Clärchen.

„Es hilft nichts! Du musst Horst zur Rede stellen", ignorierte Willi ihren Einwand und kippte seinen Schnaps hinunter. „Er muss dir sagen, wie es weitergeht. Mit seinem Studium, dem Geld verdienen, mit der Rennbahn. So kann es ja nicht dauernd weitergehen! Er soll sagen, wann er dir dein Geld zurückgibt!", ergänzte Willi, der sich ganz in Rage geredet hatte. Schließlich schnappte er sich Clärchens Schnaps und kippte auch den in seinen Hals. Er sah Clärchen an und weil die nichts sagte, war das Thema 'Horst' für ihn erledigt. Wieder hob er kurz seinen rechten Arm und winkte der fettigen Schürze zu.

* * *

Clärchen nahm all ihren Mut zusammen. Fielen ihr die zurechtgelegten Worte wieder ein? War das Frühstück der richtige Zeitpunkt? Horst war erst spät in der Nacht nach Hause gekommen. Als er jetzt aus dem Schlafzimmer kam, sah sie sofort sein in allen Blautönen schimmerndes, blutunterlaufenes Auge und seine aufgeplatzte Unterlippe.

„Was ist denn mit dir passiert? Was hast du gemacht?", wollte Clärchen wissen, hielt sich ihre rechte Hand vor den Mund und sprang vom Stuhl hoch.

„Ach, nichts. Kleine Meinungsverschiedenheit", antwortete Horst und schaute zur Seite.

„War das der Typ von neulich? Was wollte der von dir? Woher kennst du den eigentlich? Ist doch wohl kein neuer Freund? Kommt der von der Rennbahn?" Clärchens Fragen trafen Horst wie die Salve aus einem Schnellfeuergewehr.

„Ja, ich habe ihn da kennengelernt und er hat mir mal was geliehen ..."

„Du leihst dir Geld?", unterbrach ihn Clärchen mit schriller Stimme. „Bist du noch ganz bei Trost? Ich glaube, es hackt!"

„Ja, aber nur ...", wollte Horst neuerlich ansetzen, wurde aber zum zweiten Mal am Weitersprechen gehindert.

„Ich mache Überstunden und du wirfst das Geld mit beiden Händen zum Fenster raus! Was hast du dir dabei gedacht?" Clärchen war außer sich vor Wut. „Und dann kommen diese Typen auch noch zu mir nach Hause und klopfen an das Fenster. Erschrecken mich und wollen dich sprechen! Ein Benehmen wie die Straßenjungs. Nur noch vulgär! Warum gibst du dich mit denen ab?"

Auf einen Schlag entgleisten Horst auch noch die gesunden Gesichtszüge. Seine Augen weiteten sich vor Schreck. Bilder schossen ihm wie Blitze durch den Kopf. Schulden. Schulden. Spielschulden. Mehr Spielschulden. Viele Schulden. Inflationäre Zinssätze. Schlägertypen. Totschläger. Horst wurde von einem auf den nächsten Moment leichenblass. Sein Mund stand offen. Starrer Blick. Ratlosigkeit.

Derweil hielt Clärchen die Hände vor ihr Gesicht und schluchzte laut. Ihr Kopf fiel auf die Brust. Tränen liefen über ihre Wangen, fielen herunter und versahen die Tischdecke aus Leinen mit einem fantasievollen Muster. Unablässig schüttelte sie den Kopf. All ihre Träume zerplatzten innerhalb weniger Minuten. Horst war weder ein Mann von Welt noch ein Studierter. Ganz im

Gegenteil, er war ein Verlierer, ein absoluter Versager! Und sie war so gutgläubig und verblendet gewesen, ihm seine Versprechungen, die nur Lügen waren, zu glauben.

Horst stand auf und verließ wortlos die Wohnung

.

* * *

Ihr Arbeitstag verlief wie unter Hypnose. Blutdruck und Pulsfrequenz gegen Null. Automatismus pur. Den Heimweg fanden die Füße von selbst. Wie erwartet war sie anschließend allein in der Wohnung. Clärchen machte sich keine Sorgen. Seit einiger Zeit traf sie Horst abends nach Feierabend nur noch selten an. Falls doch, dann nur kurz bevor er ging. Immer seltener fanden sie zueinander. Meistens schlief Clärchen bereits, wenn er nach Hause kam. Häufig drehte Horst sich auf die andere Seite und zeigte ihr seinen Rücken. Schnell dämmerte er in sein Traumland mit den unzähligen Rennbahnen hinüber.

Sie setzte sich an den Küchentisch und starrte ins Leere. Sie selbst fühlte sich leer, ihrer Träume entleert. So saß sie lange in der Küche. Dann ging sie zu Bett und weinte.

Am nächsten Morgen saß sie wieder alleine am Küchentisch. Nun fing sie doch an, sich Sorgen zu machen. Warum eigentlich? In ihrer Mittagspause lief sie aufgeregt vor dem Friseurladen auf und ab, als müsste er jeden Moment um die nächste Hausecke kommen.

Clärchen nahm sich den Nachmittag frei und eilte zur Trabrennbahn. Stundenlang patrouillierte sie ruhelos und aufgeregt in der Wetthalle. Als wäre sie auf Streife, hatte sie die Wettschalter pausenlos im Auge. Sie traf ein paar flüchtige Bekannte und erkundigte sich nach Horst. Doch keiner hatte ihn gesehen oder etwas von ihm gehört. In der einsetzenden Dämmerung schlurfte sie kraftlos durch den

Nieselregen zurück zur Wohnung. Sie fühlte sich erschöpft, enttäuscht und desillusioniert.

Mit einem unumstößlichen Entschluss kam sie zu Hause an. Ihre Gedanken waren wieder klar geordnet, die Tränen waren versiegt. Sie sah ihren Weg deutlich vor sich: Trennung. Mit Horst gab es keine Zukunft, nur zerplatzte Träume, zerschellt am Wettschalter, im Sulky davongaloppiert. Egal! Hastig packte sie ihren Koffer. Sie musste so schnell wie möglich die Wohnung verlassen, bevor der Typ mit der Boxernase wohlmöglich an die Etagentür klopfte oder der Vermieter die rückständigen Mietzahlungen von ihr einforderte.

Sie würde den ersten Zug nach Lüneburg nehmen. Abstand gewinnen. Und irgendwie freute sich Clärchen auch auf das Zwergenzimmer bei Tante Minna und Onkel Wilhelm. Die Adventszeit wollte sie dort verbringen. Und vielleicht neue Hoffnung schöpfen.

Clärchen lächelte.

Liebe Mutti,

ich habe mir alles ganz anders vorgestellt!

Ich habe keine Freunde gefunden und war sehr einsam. Ich hatte nur die Arbeit.

Tante Minna hat mich wieder aufgenommen.

Ich ruhe mich hier ein paar Tage aus und komme dann zurück.

Liebe Grüße aus der Lüneburger Heide

Deine Clärchen

Walter

Die Bilder in seinem Kopf gewannen langsam an Schärfe. Der provisorische Bunker aus Holzbalken, abgedeckt mit Fichtenzweigen und Erde, nahm seine rundliche Form an, ähnlich einem umgestülpten Pudding. Die Erinnerung färbte diesen langsam braun. Vom Zugang aus führten zwei fast mannstiefe Gräben in die angrenzende, nur spärlich bewachsene, mit Neuschnee überpuderte Hügellandschaft. Dann bekam die Maschinengewehrstellung in Walters Kopf Konturen. Er sah sich mit einem Kameraden Wache halten, als der Artilleriebeschuss einsetzte und die beiden zwang, ihre Stahlhelmköpfe an den Boden zu drücken. Die Wehrmacht versuchte, den Vormarsch der amerikanischen Armee im letzten Kriegswinter auch in Lothringen mit einer Gegenoffensive aufzuhalten, die jedoch schon nach wenigen Tagen zum Erliegen kam.

Die Granaten explodierten scheinbar überall gleichzeitig und warfen so stark mit Boden um sich, als habe die amerikanische Artillerie sich zum Ziel gesetzt, Walters Stellung spätestens im Verlaufe der nächsten halben Stunde mit Erde aufzufüllen. Der Lärm war bestialisch. Dazu das Heulen der heranfliegenden Granaten. Sie hielten sich ihre Ohren zu. Plötzlich spürte Walter einen stechenden Schmerz im rechten Oberbauch, als habe ihn Luzifer persönlich mit seinem glühenden Dreizack aufgespießt. Das trieb ihm die Luft aus den Lungenflügeln und raubte ihm den Verstand. Die einsetzende Bewusstlosigkeit war eine Gnade.

* * *

Langsam verschwand der scheinbar aus trüben und verschmierten Industriefenstern bestehende Vorhang vor Walters Augen. Wie von unsichtbaren Arbeitern wurde er langsam zur Seite geschoben. Er wollte die Augen ganz öffnen, kniff sie jedoch sofort wieder zu. Das lag zum einem an dem grellen Tageslicht, hauptsächlich allerdings an den Schmerzen im Bauchbereich. Entsetzliche Schmerzen, die offensichtlich das Ziel hatten, ihn zu zerreißen. Er bewegte den Oberkörper leicht zur Seite, ließ sich jedoch unter einem Stöhnen sofort wieder zurückfallen und verlor wieder das Bewusstsein.

Eine gefühlte Ewigkeit später hörte Walter vage die französischen Ärzte sprechen. Sie waren sich einig, dass er mit dem Granatsplitter in der Leber würde leben können. Leben müssen! Allerdings würde ihm auch die Wunde als Erinnerung an Frankreich bleiben, die mal mehr, mal weniger leicht eiterte, und zwar sein ganzes Leben lang. Zunächst war Walter schockiert von der Diagnose. Seine hartnäckigen Nachfragen in rudimentärem Französisch führten zu keiner positiveren Auskunft.

An die folgenden Wochen im Lazarett erinnerte er sich nur schemenhaft. Die daran anschließende Zeit in einem Gefangenenlager in der Nähe von Nancy sprengte bei ihm jegliche Zeitvorstellung. Eine Woche so lang wie ein Monat, wie ein Jahr, eine Jugend? Zähflüssiger als Teer. Hunger und Verzweiflung als seine engsten Vertrauten. Und das ständige Knibbeln an den Fingernägeln.

* * *

Walter begann wieder, Gedichte zu schreiben, so wie vor dem Krieg. Allerdings besaß er jetzt nur ein kleines Heftchen mit karierten Seiten, dessen Umschlag abgegriffen und verschmutzt war. Der Bleistift, den er besaß, war nur wenige Zentimeter lang und mit einem kurzen Metallstück verlängert. Aus der Mine flossen düstere Zeilen, als wolle der Stift sich beklagen, dass er in dieser Länge noch seine Dienste verrichten musste. Verzweiflung und Tod spielten die Hauptrollen. Nahtlos verknüpften die Verse den zerschnitten geglaubten Faden seiner Kriegserlebnisse. Er versuchte mit den Zeilen seine Seele zu beruhigen und sich ein wenig von den quälenden Erinnerungen an die Toten und die Zerstörung zu befreien.

Wenn andere weinen, wen kümmert das schon,
wen schmerzt das Leid des Nächsten?

Walter erlebte die Tage wie im Ätherrausch und verspürte keine Hoffnung auf ein Ende dieser sinnlosen Zeit ohne Aufgaben und Aussichten. Ohne Nachrichten von Zuhause.

Mit der Verteilung auf sogenannte Kommandos endete die Lethargie schlagartig. Zusammen mit sechs Kameraden, die allesamt aus Bayern stammten und vor dem Krieg in der Landwirtschaft tätig gewesen waren, fuhr man ihn zu einem nahegelegenen Landgut. Sie hörten vom Wachpersonal, dass der Gutsbesitzer mit den Gefangenen maximale Produktivität und Wirtschaftlichkeit des landwirtschaftlichen Betriebes erreichen wollte. Walter war froh, dass er nicht zum Minenräumen eingeteilt wurde. Andere Gefangene wussten zu erzählen, dass vor den französischen Häfen und an den französischen Küsten hunderte deutsche Kriegsgefangene bei der Beseitigung von Minen und Sprengsätze ihr Leben verloren hatten.

Der kleine Armeetransporter rumpelte über unebenes Pflaster. Sie saßen auf den grob zugeschnittenen Holzbohlen der Ladefläche.

Alois blickte durch das kleine Seitenfenster in der Plane. „Was haben die mit uns vor?", fragte er, als sie zwischen zwei stattlichen Torpfeilern auf ein Gehöft mit großen Gebäuden aus Bruchsteinen fuhren.

Walter zuckte resigniert mit den Achseln und sah weiter auf die staubige Ladefläche zwischen seinen Knien.

„Die wollen bestimmt, dass wir hier arbeiten", antwortete Sepp und versuchte, aus dem gegenüberliegenden, fast blinden Fenster mehr zu erspähen.

„Sieht aus wie ein großer Bauernhof", stellte Alois fachmännisch fest und nickte, um sich selbst zu bekräftigen.

„Dann müssen wir wenigstens nicht in ein Bergwerk oder eine stinkende Fabrik", brummte Hartl vor sich hin.

* * *

Als Buchhalter fand Walter anfänglich keine Erklärung für seinen Einsatz in der Landwirtschaft. Schnell wurde ihm jedoch klar, dass er mit seinen Kenntnissen der französischen Sprache, auch wenn diese sich auf niedrigem Niveau befanden, das Bindeglied zwischen dem Gutsherrn und den deutschen Arbeitskräften darstellte.

Gleichzeitig sollte er betriebswirtschaftliche Gesichtspunkte für den französischen Besitzer erfassen. Bereits wenige Monate nach ihrer Ankunft auf dem Hof besaß er dessen Vertrauen und so kam es, dass Walter und die sechs Bayern bald auch im Alltag der Bewohner des kleinen Ortes nicht mehr nur die verhassten 'Boche' waren. Nein, sie hatten jetzt ein Gesicht und einen Namen, und damit änderte sich vieles. Zurück lagen die Anfeindungen, missachtende Gesten und auch das

Anspucken. Sie waren zwar nicht anerkannt, aber immerhin wurden sie jetzt respektiert.

Sie hausten in einem kleinen Anbau des großen Stallgebäudes. Ihr Nachtlager bestand aus altem Stroh; jeder bekam eine stinkende alte Armeedecke für die kalten Nächte. Ein Blecheimer für die Notdurft stand in der Ecke und müffelte vor sich hin. Das Gitter vor dem kleinen Fenster erinnerte sie tagein, tagaus an den Zweck des kleinen Anbaus. Die Schlüsselgewalt übertrug der Gutsherr zwei Kriegsveteranen aus dem Dorf, die ihre Autorität gerne mit ihren Maschinenpistolen demonstrierten. Einer der beiden ehemaligen Soldaten öffnete die dicke Holztür morgens und abends für den Blechtopf mit der kargen Mahlzeit. Mittags aßen sie am Rande eines abgelegenen Ackers oder im Schatten eines Baumes, ihre Bewacher als ständige Begleitung.

Das dünne Gemüseallerlei hing ihnen schon bald zum Hals heraus. Die einzige Abwechslung lag im Temperaturunterschied des Eintopfs. Ohne einen für die Deutschen ersichtlichen Grund mussten sie ihre Scheibe Baguette mal in kaltes, dann wieder in warmes Fettaugen-Wasser tunken.

„So einen Fraß gab's noch nicht mal bei der Wehrmacht!", meckerte Alois leise vor sich hin. Er löffelte angewidert in dem trüben Gemüsewasser und stellte dann wie nach der Auszählung der Stimmen einer Wahl fest: „Die Fettaugen kann man ja zählen!"

„Wie lange soll das noch so weitergehen?", wollte Sepp wissen und blickte starr zur gegenüberliegenden Wand. Langsam drehte er den Kopf und sah Walter an. „Kannst du nicht mal mit den Franzosen sprechen?"

„Was soll das bringen? Wir haben den Krieg verloren und jetzt zeigt man uns, wer gewonnen hat", antwortete Walter und zuckte resigniert mit den Schultern.

Zwei Jahre nach Kriegsende durften sie nach Hause. Die Bayern freuten sich auf ihr Landbier. Walter jedoch zögerte. Das Angebot der französischen Regierung an alle ehemaligen deutschen Soldaten, als 'Freie Zivil-Arbeiter' in Frankreich zu bleiben, ging ihm nicht aus dem Kopf. In Frankreich bleiben? Hier weiterarbeiten? Gegen Bezahlung!

Eine Woche und zwei Gedichte später nahm er das Angebot an. Wie sich später herausstellen sollte, gehörte er zu den mehr als einhunderttausend Deutschen, die in Frankreich blieben. Walter freute sich auf sein neues, altes Leben.

Die Gläser sind geleert.

Nachgeschenkt wird nicht mehr.

Es ist alles gesagt

und die Gäste ziehen weiter.

* * *

Die Anreise in die Heimat verlief erstaunlich gut. Auf der Strecke von Dortmund nach Osnabrück verkehrte bereits wieder ein D-Zug. Sein letzter Aufenthalt in Osnabrück lag über fünf Jahre zurück.

Walter lief durch die Stadt und sah sich fassungslos um. Er bildete sich ein, die Druckwellen zu spüren, unter deren Wucht die altbekannten Häuserzeilen in sich zusammensackten. Jede neue Straße fühlte sich für Walter wie eine neue Schockwelle an. Die bekannten Ansichten gab es nicht mehr. Stattdessen neue Gebäude und Häuserzeilen, oder Trümmergrundstücke, die von Birken und Holunder in Besitz genommen wurden. Gedankenverloren und resigniert blickte Walter von der

Hasestraße starr zum Marktplatz, als ein älterer Herr von der anderen Straßenseite auf ihn zu kam.

„Guten Tag. Bist du nicht der Walter aus dem Fledder?"

Überrascht wandte sich Walter dem Mann zu, schwieg aber.

„Erkennst du mich nicht? Ich bin es, der Karl! Ich habe im 'Eversburger Ruderverein' die Boote gepflegt."

„Ach du, ja, jetzt erkenne ich dich!" Walters Gesicht entzerrte sich. „Entschuldige bitte, dass ich dich nicht sofort erkannt habe, aber ich kann es einfach immer noch nicht begreifen, wie schrecklich Osnabrück aussieht. Entsetzlich!"

„Es ist alles nicht mehr so schlimm. Der meiste Schutt ist weg und viele Häuser stehen schon wieder", sagte Karl und zeigte auf das fast wieder aufgebaute Rathaus.

„Stimmt. Das Rathaus. Dafür sind viele andere allerdings verschwunden!", stellte Walter fest.

Karl zuckte mit den Schultern und fragte unverwandt: „Kommst du wieder zum Rudern? Ein paar von den Alten sind noch dabei!"

Walter sah ihn mit regungslosem Gesicht an und schwieg.

Der alte Bekannte spürte seine Verzweiflung, trat ein paar Schritte zurück und sagte leise: „Ich muss weiter! Vielleicht überlegst du es dir ja noch. Ich würde mich freuen, wenn du kommst!" Dann drehte er sich um und ging langsam in Richtung 'Hasetor' davon. Walter sah lange hinter ihm her und wusste nicht, was er als Nächstes tun sollte.

Die alliierten Flugzeuge zerstörten das Stahlwerk. Und damit hatten sie Walters in der Nachbarschaft liegendes Geburtshaus zusammen mit seinen Eltern aus dem Stadtbild gebombt. Der Bruder war in Russland gefallen, von vielen seiner Freunde fehlte jede Spur. Auch die Gesichter in seinem erst kurz vor dem Krieg gegründeten Sportverein waren ihm fremd. Wie sollte er sich in dieser emotionalen Einsamkeit zurechtfinden? Zu allem Überfluss spürte er ausgerechnet jetzt seine Kriegsverletzung schmerzen. Da er sich in seiner Heimat nicht mehr zurechtfand, fuhr er schon wenige Tage später zurück in seine neu gewonnene Heimat. Zu seinem festen Platz in der Gemeinschaft des Gutshofes und der Menschen des kleinen Ortes in der Provinz. Walter fühlte sich wohl in seiner kleinen Zwei-Zimmer-Wohnung am Dorfrand. Mehr brauchte er nicht. Immer häufiger ertappte er sich bei der Vorstellung, dauerhaft in Frankreich zu bleiben. Ihm lag die französische Lebensart. Aber allein, ohne eine Frau an seiner Seite? Das störte ihn schon! Das Gefühl verflüchtigte sich auch nach den Schäferstündchen mit Louise, der kleinen molligen Tochter des Dorfvorstehers, nicht.

Wie es in seinem Leben weitergehen sollte und welche Ansprüche er genau hatte, vermochte er nicht zu formulieren. Seine Gedanken und Vorstellungen liefen an diesem Punkt im Leerlauf.

Sein Lebensmittelpunkt lag nun hier, in Frankreich. Gut eingerichtet. Aber das konnte nicht alles gewesen sein! Walter beschlich das Gefühl, auf der Suche nach einem Schatz zu sein, so wie früher als Kind.

* * *

Weitere Jahre vergingen. Walters Gedanken verfingen sich immer häufiger an Bildern aus seiner Heimat. Die vielen Erinnerungen an Osnabrück behielten wider Erwarten ihren festen Platz in seinem Gedächtnis. Sie waren jedoch von vielen wichtigen Gedanken über seine neue Heimat überlagert. Er empfing blasse Bilder von seinem alten Osnabrück, die auch nur langsam und widerwillig an die Oberfläche gelangten. Gleichzeitig spürte er immer eindringlicher, dass er sich der französischen Provinz zugehörig fühlte. Er verband seine neue Umgebung immer mehr mit dem heimatlichen Gefühl und stellte eines Abends fest, dass ihn seine Empfindungen für diesen neuen Heimatort bereits aus seinen Gedichten heraus anlächelten.

Der Vorhang ist gefallen.
Alle Lichter in der Manege sind erloschen.
Die Stimmen auf den Straßen verhallen
und die Späße der Clowns sind schnell vergessen.

* * *

Eine innere Unruhe, so kräftig, dass er sie nicht beschreiben konnte, zog Walter abermals in seine Heimatstadt, nur um ihn dann zum wiederholten Mal inmitten unbekannter neuer Häuser und Menschen allein zu lassen. Viele vertraute Gebäude waren neu errichtet worden, wie das Rathaus oder das Stadttheater. Osnabrück befand sich im Wandel. Walters Augen und Seele fanden nur wenige bekannte Punkte zwischen den neuen Häuserzeilen und Plätzen. In seiner Ratlosigkeit zog es ihn zum 'Hasefriedhof'. Es fühlte sich für ihn an, als würde er an einem langen Faden von einer starken Macht gezogen. Walter wollte zum Grab seiner Großeltern gehen. Vorbei an großen, stilvollen Grabstätten von bekannten Osnabrücker Familien. Seine Großeltern sollten ihm Trost spenden. So wie es ihnen vor dem Krig häufig gelang. Bei seinem ersten Liebeskummer zum Beispiel.

Gerade trat er gegenüber des Bürgerparks an eine schmiedeeiserne, reich verzierte Eingangstür, als er eine junge Frau erblickte, die engelsgleich vom Friedhof auf die Straße schwebte. Walter blieb abrupt stehen, zur Salzsäule erstarrt. Der Engel offenbarte ihm eine atemberaubende Figur! Ihre weiblichen Formen verbargen sich unter einem schwarz-weiß-kariertem Tellerrock, der aus einer verschwenderischen Stoffmenge geschneidert war. Eine kurzärmelige, schwarze Bluse mit V-Ausschnitt tat ihr Übriges. Lediglich die Flügel fehlten. Ihre Locken glänzten wie frisch vom Baum gefallene Kastanien und erweckten den Anschein, als seien sie gerade eben mit elektrisch betriebenen Brenneisen eingedreht worden. Spürte er jetzt etwa die Hitze dieser Eisen am ganzen Körper? Auf jeden Fall stand sie nun dicht vor ihm und sah ihm mit braunen, hellwachen Augen an ihrer etwas spitzen Nase vorbei in die Augen und lächelte. Der Duft ihres Parfüms erinnerte ihn an die Wolke aus Wohlgeruch der überreich blühenden Blumenrabatten auf dem französischen Gutshof und raste ohne Umwege auf allen Nervenbahnen zu seinem Hypothalamus und legte hier in seiner Schaltzentrale umgehend eine neue, überlebenswichtige Information an, noch bevor er den Duft überhaupt wahrnahm.

Walters Erstarrung löste sich kaum merklich auf und er stammelte: „Entschuldigung."

Am liebsten wäre er auf dem Trampelpfad in eine der gegenüberliegenden Höhlen des 'Gertrudenberges' gerannt, um dort in dessen alten Gängen in Scham zu versinken.

Er hörte sie mit kecker Stimme sagen: „Und, lassen Sie mich jetzt vorbei?"

„Natürlich!" Walter verließ augenblicklich sein gedankliches Versteck und wunderte sich selbst über seine Frage: „Wo kann ich denn hier in der Nähe einen Kaffee trinken?"

Sie lachte kurz auf und sagte: „Na, auf dem Friedhof wohl kaum!" Ehe er darauf eingehen konnte, zeigte der Engel mit seinem rechten Arm an ihm vorbei die Straße hinunter in Richtung Stadtmitte und sagte: „Da hinten, gegenüber der Bushaltestelle, gibt's Kaffee und Kuchen bei einer alten Frau. Allerdings nur im Garten."

Ohne weiter zu überlegen, fragte Walter den Duftengel: „Darf ich Sie auf einen Kaffee einladen?" Zu seiner Überraschung ließ er sich auf seine Einladung ein.

Nach der ersten Tasse nannten sie sich beim Vornamen. Clärchen plauderte munter drauflos. „Meine Großeltern hatten auch ein kleines Café. In der Nähe von Bleckede. Ganz dicht an der Elbe. Das war vielleicht mal schön! Ich denke gerne daran zurück. Kennst du die Elbe?"

„Nein, da war ich noch nicht!"

„Da ist es sehr schön. Das Wasser, die Strände, überall gibt's grüne Wiesen. Oder...", Clärchen machte eine Pause, stützte die Ellenbogen auf das kleine Tischchen und legte ihr Kinn auf beide Hände „...warst du schon mal in der Lüneburger Heide? Meine Tante wohnt da in einem alten Fachwerkhaus. Mit einem großen Garten und riesigen Fliederbüschen. Die blühen lila und riechen einfach betörend!" Sie drehte den Kopf auf den Händen und sah Walter an: „Magst du Flieder?"

„Ich bin nicht so ein großer Pflanzenkenner. Meine Eltern hatten keinen Garten."

„Den haben wir auch nicht. Aber meine Mutter verzichtet in ihrem Gasthof nicht auf einen kleinen Blumenstrauß für jeden Tisch. Kennst du den *"Estorff'schen Hof?"*

64

„Nein, tut mir leid. Davon habe ich noch nichts gehört."

„Da musst du mal hingehen. Man kann dort gut sitzen!", sagte Clärchen, lehnte sich an die Rückenlehne des kleinen Stuhls und fragte weiter: „Aber jetzt etwas ganz anderes. Warst du schon mal in Hamburg?"

Walter lächelte und schüttelte ganz leicht seinen Kopf.

Dann begann Clärchen von Hamburg zu schwärmen. Von ihrem Cousin Willi. Vom Hafen. Von den vielen Schiffen. Von ihrer Anstellung. Ihre Zeit mit Horst verschwieg sie. Offensichtlich hatte sie die vielen schlechten Erinnerungen aus dieser Beziehung vollständig verbannt und sich schon lange nicht mehr gefragt, ob ihr dieselben Fehler noch einmal unterlaufen würden. Über eine Spanne von einigen Wochen nach der Trennung nahm sie sich fest vor, in Zukunft nicht mehr so gutgläubig zu sein. Diesen Fehler aus ihrer Hamburger Zeit wollte sie nicht wiederholen. Allerdings liquidierte Clärchen nicht nur alle Erinnerungen an Horst, sondern auch ihre guten Vorsätze bereits kurz nach ihrer Rückkehr nach Osnabrück.

Jetzt traf sie diesen großen, gutaussehenden, leicht schüchtern wirkenden Mann mit den schwarzen Haaren und dem schmalen Schnäuzer in dem etwas kantigen Gesicht, der sie stark an Clark Gable erinnerte. Ganz ihr Schönheitsideal eines Mannes! Allerdings umwehte ihn eine unerklärliche, geheimnisvolle Aura, die auch aus seinen braunen Augen zu ihr herüberzog. Aber das spielte jetzt keine Rolle, wo sie diesem offensichtlich stets fröhlichen und gut gelaunten Mann gegenübersaß, der auch noch hervorragend aussah in seinem leichten, graublauen Sommeranzug mit dem dezenten Karomuster. Das kleine rosafarbene Einstecktuch harmonierte perfekt mit seinem Binder in altrosa und dem blütenweißen Hemd mit gestärktem Kragen.

„Hier kann man gut sitzen, oder? Und der Kaffee schmeckt auch!" Clärchen sah Walter mit hochgezogenen Augenbrauen an, erwartete jedoch keine Antwort und erzählte übergangslos weiter. Von ihrer Nachbarschaft, der neuen Anstellung und ihrer kleinen Schwester.

Walter hörte Clärchen einfach nur zu und konnte seinen Blick nicht von ihr lassen. Er wollte sie nicht unterbrechen, nur um etwas über sich zu erzählen. „Dafür ist auch nach der nächsten Tasse Kaffee hoffentlich noch Zeit genug", dachte er sich. Er gewann sowieso allmählich den Eindruck, mit der Schilderung seiner Lebensumstände bei seiner neuen Bekanntschaft nicht auf hohes Interesse zu stoßen. Aber gut – immerhin konnte er so auch nicht in einen Erklärungsnotstand über seinen Aufenthalt in Frankreich geraten. (Warum fummelte er eigentlich ausgerechnet jetzt an seinen Fingernägeln herum?)

Er spürte, dass ihm mit Clärchen eine lebensbejahende Frau an dem kleinen Holztisch mit dem gehäkelten Deckchen unter den Kaffeetassen gegenübersaß. Sie verabredeten sich für den nächsten Tag in der Innenstadt. Am darauffolgenden Tag durfte er ihre Hand halten. Die Nacht vor seiner Abreise verbrachten sie in ihrer Ein-Zimmer-Wohnung in Dodesheide, in ihrem neunzig Zentimeter breiten Bett unter der Bettwäsche mit Klöppelspitzen.

Auf der Rückfahrt wurde er von vielen Fragen gequält, auf die er keine Antworten fand. Seine Gedanken an Clärchen verwirrten ihn völlig. Sie schwammen wie die Fettaugen in einer französischen Gemüsesuppe. Hatte er in Clärchen soeben seine Traumfrau gefunden? Wollte er sie wiedersehen? Wollte er ein Leben mit ihr? Wie ging es auf dem Gutshof in Frankreich mit ihm und der kleinen Molligen weiter? Was erwartete er von seinem Leben? Waren das etwa Schmetterlinge in seinem Bauch?

Die Welt ist grausam, aber das Leben ist schön.

Die Liebe ist das Größte!

Und nichts ist schlimmer als die Bosheit.

* * *

Die Zeit auf dem Gutshof floss wie im Zeitlupentempo dahin. Jede Sekunde dachte er an die schönen Stunden mit Clärchen. Walter konnte sich kaum auf seine Aufgaben konzentrieren. Immerzu schoben seine Gedanken das Bild von Clärchen vor sein inneres Auge. Die Realität nahm er wie durch einen Schleier aus Clärchen-Bildern wahr. Er musste möglichst schnell wieder zu ihr.

Von Köln aus würde Walter den Schnellzug nach Osnabrück nehmen. Er konnte es kaum erwarten, sie zu sehen und in seine Arme zu schließen.

Die Reise dauerte jedoch gefühlt mindestens zwei Ewigkeiten. Viel zu früh schlenderte Walter durch das provisorisch geflickte Eingangsgebäude zum Bahnsteig. „Dann gehe ich halt noch etwas auf und ab", dachte er. „Zeit habe ich ja genug." Am Bahnsteig stand bereits eine Lokomotive mit etlichen Personenwagen. Die Hinweistafeln mit dem Zielbahnhof fehlten noch in den Schubfächern neben den Türen. Walter ging langsam weiter in Richtung der Lokomotive und betrachtete einen Mann in schwarzer Arbeitskleidung und Schirmmütze. Der verbarg seine linke Hand in der Hosentasche und hielt mit der anderen eine Zigarette. „Das wird der Lokführer sein", ging es Walter durch den Kopf. Er machte noch ein paar Schritte, blieb stehen und grüßte den Mann. Der erwiderte seinen Gruß, indem er seine linke Hand aus der Hosentasche zog, um mit ihr seine Schirmmütze ein wenig zu lüften. Dabei zwinkerte er Walter aus zwei listigen Augen zu und seine Knollennase schien

Freudensprünge über den unerwarteten Besucher zu machen.

„Guten Tag. Sie sind viel zu früh! Wir fahren erst um vierundfünfzig. Das heißt, wenn mein Heizer kommt. Sonst muss ich die Kohlen wohl selber schaufeln. Aber wer weiß, wann wir dann in Osnabrück ankommen?", meinte der Schwarzgekleidete lachend. „Und meine Irmgard wartet. Wir wollen noch zu einem Geburtstag."

„Sie kommen aus Osnabrück?", fragte Walter. Und ohne eine Antwort abzuwarten, fuhr er fort, „Ich auch, ich bin in der Nähe des Stahlwerks aufgewachsen."

„Dann sind wir ja fast Nachbarn! Wir wohnen im 'Schinkel', am Gretescher Weg", meinte der Lokführer, zog noch einmal an seiner Zigarette und warf den Stummel ins Gleisbett. „Und, geht's nach Hause?"

„Nein, meine Eltern sind in ihrem zerbombten Haus ums Leben gekommen", antwortete Walter. „Ich wohne nicht mehr in Osnabrück, ich fahre nur zu einer Freundin."

„Ja, ja, der Krieg hat viel Elend gebracht. Ich habe Glück gehabt als Lokführer, war manchmal ganz schön knapp! Aber jetzt ist alles vorbei und es geht uns schon viel besser", sagte der Lokführer und blickte an Walter vorbei auf den Bahnsteig. „Da kommt mein Heizer doch noch! Dann werden wir Sie wohl pünktlich nach Osnabrück zu Ihrer Freundin bringen"! Er sah Walter kurz an, zwinkerte ihm mit dem linken Auge zu und sagte: „Dann einen schönen Aufenthalt in Osnabrück. Auf Wiedersehen."

„Auf Wiedersehen und eine schöne Geburtstagsfeier heute Abend."

Der Lokführer hob zum Gruß zwei Finger an seine Schirmmütze und ging zur Lokomotive.

* * *

Für die Fliederblüte war es noch deutlich zu früh. Auf dem Weg zu Clärchen machte Walter deshalb einen kleinen Abstecher zum Hasefriedhof. Suchend ging er durch die Reihen und hatte Glück: auf einem großen Familiengrab stand ein Strauß rosa und lila Tulpen. Er blieb stehen, faltete seine Hände wie zum Gebet, schaute sich ausgiebig zu allen Seiten um, blickte dann andächtig auf den großen Grabstein und entschuldigte sich in Gedanken bei den Angehörigen. Dann nahm er langsam den kleinen Strauß aus der Vase und trocknete die Enden mit seinem Taschentuch ab. Er trat einen Schritt zurück und blieb noch einmal stehen. Sicherlich hatten auch die Verstorbenen nichts gegen seinen kleinen Diebstahl. Sie konnten sich bestimmt in seine Situation hineinversetzen und gaben ihre Einwilligung. Bevor er sich umdrehte und mit großen Schritten zurück auf die Straße lief, flüsterte er ein leises „Danke."

Der Strauß begeisterte Clärchen. Ihr 'Neuer' zeigte sich offensichtlich auch noch als Romantiker! Blumen in ihren Lieblingsfarben! Dazu der Chic seiner Garderobe. Topmodern zeigte er sich in dem halblangen, braun-beige-melierten Mantel mit üppigem Kragen und dem langen Rückenmittelschlitz. Das dezente Fischgrätmuster und die dunklen Hornknöpfe waren gerade der letzte Schrei. Unter dem leicht geöffneten Mantel fiel die dunkelbraune Weste mit dem korrekt gebundenen, hellbraunen Binder über dem weißen Hemd auf.

Sie verlebten eine Woche wie im Rausch. Clärchen berichtete immer wieder Neues von ihrer Familie und aus Osnabrück. Unbeirrt plapperte sie auf ihn ein. Walter hörte ihr liebend gerne zu, sog den Geruch ihres Parfüms auf und fuhr mit seinen Blicken immer wieder an ihrer Figur entlang. Überall: auf einer Bank im Bürgerpark, bei einem Spaziergang an der 'Hase' entlang, in einem kleinen Café, im Bett.

Clärchen sprach unentwegt von ihren Träumen und Wünschen. „Am liebsten hätte ich ein kleines Haus auf dem Land. Mit einem riesigen Garten. Was hältst du davon?", wollte sie von Walter wissen.

„Das ist aber auch viel Arbeit!", stellte der offensichtlich wenig begeistert fest.

Clärchen überhörte diesen für sie unwichtigen Einwand. „Dann könnten alle Freunde kommen und etwas trinken, zusammen feiern. Das wäre doch schön!"

Walter wiegte seinen Kopf langsam hin und her und verzog den Mund.

Für Clärchen stand das alles bereits fest. Ihr Ziel war ein möglichst hohes Ansehen bei Freunden und Nachbarn, genauso wie ein gutes Auskommen und viel Anerkennung. Denn für sie stand fest: Walter war ihr Traummann! Den wollte sie haben! Er allein konnte alle ihre Wünsche erfüllen. Dabei war es nebensächlich, dass sie kaum etwas über ihn wusste. Für Clärchen konnte so ein Mann nur einen großartigen Beruf mit einem hohen Einkommen, viele illustre Freunde und überhaupt ein hervorragendes soziales Umfeld sein Eigen nennen.

Walter fand auch bei diesem Besuch keine Gelegenheit, ihr – wenn auch nur ein klein wenig – über sein Leben und seine Träume zu erzählen. Hingerissen von ihrer melodischen Stimme und den schier unerschöpflichen Erzählungen, hörte er seiner Angebeteten Stunde um Stunde einfach nur zu.

Irgendwann überraschte sie ihn dann doch mit einer wie aus einer Pistole abgefeuerten Frage: „Und du, was machst du so?"

Seine Antwort kam auch für ihn überraschend schnell: „Ich bin viel auf Montage. Im Süden."

„Bist du dann lange weg?"

„Nein, meistens nur ein paar Tage", log Walter, „höchstens mal eine Woche. Selten länger."

Drauf und dran ihr von Frankreich zu erzählen, wurde Walter jedoch von ihrer nächsten Frage schon wieder ausgebremst.

„Und wie lange bist du jetzt hier?"

Offenbar sollte es ihm auch diesmal nicht möglich sein, Clärchen etwas über sich zu erzählen. Er fasste den Entschluss, einen besseren Zeitpunkt abzuwarten, um ihr mehr, viel mehr, über sich anzuvertrauen. Ja, das wollte er. (Dass er wieder an seinen Fingernägeln herumnestelte, drang nicht bis zu seinem Bewusstsein vor.)

Am Tag seiner Abreise brachte Clärchen ihn zum Bahnhof. Auf dem Weg dorthin machten sie im Bürgerpark eine kleine Pause und setzten sich auf eine Bank. Sie schmiegte sich an ihn und redete auf ihn ein, dass sie ihn sofort fürchterlich vermissen werde und er bloß nicht so lange fortbleiben solle. Eigentlich hatte Walter ihr heute ein paar seiner neuesten, für ihn nicht mehr so düsteren Gedichte vorlesen wollen. Er fühlte jedoch, dass auch seine neuesten Verse das Potential besaßen, ihre gute Stimmung einzutrüben und beließ sie daher in seiner Manteltasche. Es erschien ihm angebrachter, diese Zeilen erst bei einem nächsten Treffen vorzutragen.

Alle Kerzen wurden getötet.
Nach und nach.
Die Schreie nach Licht blieben
Und verstummten nicht.

* * *

Zurück auf dem Gutshof bekam Walter bereits am ersten Abend Besuch von Louise. In Gedanken saß er allerdings

71

immer noch neben Clärchen auf der Bank am Bürgerpark und löste bei seiner Liebschaft mit dem Wunsch, heute allein bleiben zu wollen, einen handfesten Wutausbruch aus. Laut lamentierend eilte Louise über den Hof nach Hause. Unsicher, was er eigentlich wollte, vertiefte er sich deshalb in seine Entwürfe für neue Gedichte. Tagelang fühlte er sich wie in einem Schwebezustand und die Gedanken zogen wie Schwaden durch sein Hirn, hin und her, hin und her. Her und hin.

Seine Sehnsucht nach Clärchen steigerte sich unaufhörlich. Ihm kam es vor, als klettere er an einer nicht enden wollenden Liane empor. Seine Gedanken an sie stapelten sich vor seinem inneren Auge. Er konnte es kaum erwarten, sie in seine Arme zu schließen. Mehr noch, von einem auf den nächsten Moment kam es ihm vor, als würden die Vorstellungen über ein Leben mit Clärchen in seine Gedanken einmarschieren. Wie eine Invasion. Ja, mit ihr zusammen malte er sich sein zukünftiges Leben in den schönsten Einzelheiten aus. Hier in Frankreich. Er wollte mit ihr das Leben unbeschwert genießen.

Die Zeit bis zu seinem nächsten Urlaub raubte Walter fast den Verstand. Zeit ohne Clärchen bedeutete vergeudete Zeit. Zeit, die viel zu langsam verging. Seinem französischen Arbeitgeber erzählte er etwas von einer nicht aufschiebbaren Erbschaftsangelegenheit, die er unbedingt regeln müsse und schon reiste er eine Woche früher nach Osnabrück, um mit Clärchen ein Liebes-Abkommen zu schließen. Mehr noch, er träumte von einer Allianz der Leidenschaften, einer Konföderation der Liebe. Sie musste zu ihm auf den Gutshof nach Frankreich kommen!

* * *

72

Auf dem Weg zu Clärchen schnitt er im Hinterhof eines zerbombten Hauses mit seinem Taschenmesser fünf Zweige eines Fliederbusches ab, der aus noch nicht abgeräumten Schutt ragte. Er hatte gut zugehört und sich gemerkt, dass der Duft des Flieders und dessen Lila für Clärchen den Inbegriff des Frühjahrs darstellte. Heute an ihrem freien Tag würde der wohl besonders gut ankommen. Leider verblühte er schon leicht; die lilafarbenen Blüten waren bereits vom leichten Braun der Vergänglichkeit überzogen. Egal – heute sollten sie sich noch einmal Mühe geben und seine Liebste verzaubern.

Clärchens Unsicherheit verflog. Sie lag mit ihrer Einschätzung richtig, Walter kehrte zu ihr zurück. Und diesmal mit einem Strauß Flieder. Er enttäuschte sie nicht! „Walter ist der richtige Vater für meine Kinder", dachte sie und warf sich ihm voller Leidenschaft um den Hals und fing sofort an zu erzählen und wollte wissen, wann er wieder fortmüsse, denn sie habe einiges mit ihm vor. Ehe er zu Wort kam, wusste er, dass ihre Familie ihn morgen kennenlernen würde und für sie beide im Gasthof ihrer Eltern eine kleine Familienfeier geplant sei.

Dann machte sie eine kurze Pause und sah ihn lächelnd an: „Du wirst Vater. Ich bin schwanger!"

Wie auf Befehl schrie seine Kriegsverletzung 'Alarm' und trieb ihm wie aus dem Nichts Schweißperlen auf die Stirn. Gleichzeitig fühlte er sich, als würde eine schwere Grabplatte auf sein eben erst begonnenes, schönes Leben herabgesenkt. Er war sprachlos! Eines seiner jüngsten Gedichte schoss ihm in den Kopf:

Mit viel Humor
stellen wir uns liebenswerte Menschen vor.
Und mit aller Macht
zerstören wir dann ihre Pracht.

„Was sagst du dazu? Freust du dich nicht?", wollte Clärchen wissen.

Walter fühlte nur Schockstarre. Dachte an Fesseln. Er war gekommen, um sie in sein neues Zuhause nach Frankreich zu holen, um dort mit ihr zu leben, zu feiern und zu lachen. Reisen unternehmen. Auf jeden Fall ohne Kind, das würde ihn nur anbinden!

„Die Überraschung ist dir gelungen! Ich weiß nicht, was ich sagen soll", stotterte er völlig aufgelöst, kramte sein Taschentuch hervor und wischte sich die Schweißperlen von der Stirn.

„Sag mal, können wir nachher weiterreden? Ich habe noch etwas ganz Wichtiges beim Amt zu regeln. Eine Erbschaftsangelegenheit. Ich bin in ein bis zwei Stunden wieder hier." Walter knibbelte unaufhörlich an seinen Fingernägeln.

Clärchen war pikiert: „Wenn es sein muss. Du musst es ja wissen!"

Walter hastete zur Tür hinaus, seine Knie fühlten sich an wie Wackelpudding. Was war das? Clärchen hatte sich gerade von einem ihn umschwebenden schönen Falter in eine dicke, surrende Motte unter einem Lampenschirm verwandelt.

Was sollte er tun? Seine geliebte Clärchen war schwanger! Ungewollt, das hatte er nicht geplant. Seine Träume von einem gemeinsamen, unbeschwerten und freien Leben in Frankreich lagen am Boden! Er sollte Vater werden. Undenkbar. Er wollte sein altes Leben behalten! Für ein Kind war da kein Platz.

Wie ein Blitz kam die Erkenntnis und stand in übergroßer Leuchtschrift vor seinen Augen: ‚Es geht auch ohne Clärchen!'

Wirklich? Was sollte er ohne sie machen? Ohne seine Clärchen? „Ja, ich liebe sie!", dachte er und stellte im selben Moment fest, dass er sich ganz langsam in

74

Bewegung gesetzt hatte. Seine Füße wollten in die Innenstadt. Er bewegte sich in Richtung des Bahnhofs.

„Ich will kein Kind!", hörte er sich leise sagen. „Ich will so weiterleben wie bisher! Und wenn es denn sein muss, auch ohne Clärchen! Ich schaffe das!"

Seine Schritte wurden immer schneller. Vorbei an der geschlossenen, schmiedeeisernen Tür zum Hasefriedhof.

Die Bank am Eingang zum Bürgerpark lag im Schatten. Er würdigte sie keines Blickes und schnellte vorbei. An ihrem Hinterhof-Café zog es ihn im Laufschritt vorbei.

Vorbei! Vorbei!

Vorbei!

Hell leuchtet das Licht
und die Motte zerbricht
an ihrem endlosen Flattern

Lazar

Lazar saß an dem breiten, langen Tisch in seinem Gasthaus, zog an der halb gerauchten Zigarette und hörte geistesabwesend der zischenden Espressokanne in der Küche zu. Mit seiner linken Hand umklammert er die kleine Bronzeplastik der 'Drei Affen', als hätte er Angst, jemand könne sie ihm stehlen. Die Skulptur erinnerte Lazar an die tiefe Verbindung zu seinem Vater, diesem glühenden Verfechter der Monarchie. Bereits abgemagert bis auf die Knochen, gezeichnet von Schmerzen und dem nahenden Ende, drückte sein Vater ihm die säuberlich ausgearbeiteten und an vielen Stellen wie Gold glänzenden, kleinen Bronze-Affen in die Hand und schloss die Finger seines Sohnes um die kleine Plastik, während er ihn mit wachen Augen ansah. Kein Wort fiel. Sie sahen sich lange an. Lazar verstand: es ging um bedingungslose Loyalität, um Treue. Die 'Drei Affen' waren für seinen Vater das Sinnbild dafür.

Lazars Stirn schimmerte nass im Licht der Deckenlampe und das dünne Haar hing herunter wie die schmalen Weißkohlstreifen in seinem Lieblingssalat. Hinter der für sein schmales Gesicht zu groß geratenen Brille funkelten hellwache, braune Augen. Die neun Tage alten, schwarzen Bartstoppeln gaben seinem Gesicht, das wie das abgewetzte und faltige Leder einer uralten Satteltasche daherkam, einen verwegenen Ausdruck. Die große v-förmige Furche über dem Nasenansatz tat ihr Übriges, genauso wie seine Kummerfalten, die wie Canyons anmuteten.

Lazar hatte Abschied genommen. Für immer, das war ihm klar. Mit einem langen Spaziergang im strömenden Herbstregen. Abschied genommen von seinem Hof, dem Gasthaus, dem Weinberg und den Feldern. Seine Gedanken rasten ohne Anker. Seit den frühen Morgenstunden regnete es. Nein, es goss ununterbrochen. So, als wolle der Himmel Lazars Erinnerungen an die schönen Zeiten vor dem Krieg in unendlich vielen Pfützen und Rinnsalen ertränken. Der schlaffe, völlig durchnässte Mantel fühlte sich schon nach wenigen Minuten an wie das vollgesogene Fell eines Braunbären aus den nahen Bergen. Lazar versuchte, den Gedanken zu verdrängen, dass seine Arbeiter den Hof morgen verlassen vorfinden würden. Er stellte sich ihre überraschten und ratlosen Gesichter vor. Aber es ging nicht anders. In seine Pläne einweihen konnte er sie nicht.

Der Krieg verschonte auch den Norden Serbiens nicht mehr und die kommunistischen Partisanen unter dem Befehl von Tito machten angeblich Jagd auf Anhänger des Königs, auf Leute wie ihn. Seine gleichgesinnten Freunde Dragan, Stanko, Andrej, Slobodan und Filimon waren bereits vor Tagen in die Berge zu den königstreuen Partisanen verschwunden.

Lazar holte sich den Espresso aus der Küche, setzte sich wieder an den Tisch und starrte in die braune Flüssigkeit, als könne er darin die Zukunft lesen, so wie normalerweise die alten, weisen Frauen die Zukunft aus dem Kaffeesatz lasen. Dann blickte er auf den gepackten Rucksack neben der Eingangstür. Wie konnte es nur so weit kommen? „Der Krieg hat alles zerstört, was mir lieb war", dachte er. Über Monate hatte Lazar mit seiner Frau über ihre Zukunft gestritten, über die Zukunft Serbiens. Vor gut zwei Wochen hatte ihn seine Frau dann heimlich mit ihrem Sohn Milo verlassen. „Warum hast du mir das angetan und bist zu diesem Tito geflohen?", grummelte Lazar vor sich hin. Morgen in aller Frühe würde er den

Freunden in die Berge folgen. „Sicher können die königlichen Partisanen einen guten Koch gebrauchen", sprach er sich Mut zu.

* * *

Als König Peter I. und die Regierung des Königreiches vor Tito flohen und ins Exil gingen, verließen auch Lazar und seine Freunde ihre jahrelangen Verstecke in den Bergen und verließen Serbien. Getrennt, jeder für sich. Lazar flüchtete entlang der ungarischen Grenze in die Steiermark zu den englischen Invasionstruppen. Dank der Hilfe eines Dolmetschers setzte man ihn dort als Koch ein. Schnell sprachen sich seine Kochkünste herum und er versorgte schließlich nur noch die Offiziere mit seinen serbischen Spezialitäten. Paprika, Weißkohl, Bohnen, Reis und Knoblauch dominierten schon bald die Beschaffungsliste des Versorgungsoffiziers.

Ohne seine Zustimmung nahmen die Engländer Lazar bis nach Osnabrück mit. Ein Verzicht auf seine freundliche und aufgeschlossene Art, beim Servieren der Gerichte in einem rudimentären Englisch wie ein Alleinunterhalter zu plaudern, kam für die Offiziere nicht in Frage.

Lazar bezog ein Zimmer in einem Wohnblock der Briten am 'Sonnenhügel'. In der Garnisonsküche genoss er alle Freiheiten und kochte mit wachsender Begeisterung für die Offiziere. „Du hast richtig Glück gehabt", freute er sich und sah seine Zukunft vor sich wie einen offenen Kochtopf.

Für die Schärfe der serbischen Gerichte wollte Lazar selbst sorgen. Für diesen Zweck zog er auf einer Fensterbank in der Küche seine eigenen Chili-Pflanzen. Die Früchte würde er dann auf der Heizung trocknen und damit seine Speisen würzen. Sein Vorhaben blieb natürlich nicht unentdeckt. Die englischen Köche staunten über die kleinen Schoten und konnten es kaum abwarten, davon zu probieren. Häufig standen sie an der Heizung und begutachteten die Schärfeträger, die immer faltiger wurden.

„Die erst müssen trocken sein, dann essen", hielt Lazar sie hin. Täglich wendete er die kleinen Früchte unter den neugierigen Blicken der Kollegen. Er zelebrierte den Vorgang richtig, benutzte dafür eine kleine Küchenpinzette, mit der er die Chilis ganz langsam umdrehte. So, als würde er gerade die wichtigste Arbeit des Tages verrichten, ohne von jemandem dabei gestört werden zu wollen. Er genoss die Aufmerksamkeit des gesamten Küchenpersonals, spürte ihre Blicke auf seiner behaarten Hand, so als wollten sie ihn zur Vorsicht anhalten, die wertvollen Schoten nicht fallen zu lassen. Die Anspannung in der Küche stieg mit jedem weiteren Tag. Kein Schrumpfungsprozess hatte jemals mehr Aufmerksamkeit erhalten.

„Wenn die fertig sind, möchte ich als erster davon probieren!", legte der englische Chefkoch schon mal die Reihenfolge der Verkoster fest.

„Müssen erst ganz trocken sein", erwiderte Lazar und schüttelte den Kopf. „Noch nicht fertig! Erst, wenn fertig, sie seien ganz scharf! Dann wir legen in Essen und in Suppen. Nur ganz wenig!"

„Vorher probiere ich sie so!"

„Aber genau überlegen. Sein scharf! Sehr scharf! Besser würzen damit Essen!"

„Nein, ich probiere dann ein kleines Stück!", bekräftigte der Chefkoch.

Schließlich war das Einschrumpfen vollendet und Lazar legte die mittlerweile blutroten Schoten mit der Küchenpinzette sehr behutsam auf einen kleinen Teller. Die Kollegen sollten sehen, dass es so weit war: ein neuer

Gewürzstoff stand zur Verfügung. Sie betrachteten vor allem die von Lazar längs halbierte Schote mit den freigelegten, hellgelben Samenkörnern mit großem Interesse.

„Darf ich mir zum Probieren ein Stück abschneiden?", fragte der Küchenchef gierig.

„Du dürfen, aber denken, sind sehr scharf!" ermahnte ihn Lazar vor einem übermäßigen Verzehr.

Der Mann nahm ein Messer, trennte gut ein Drittel von einer noch geschlossenen Schote ab, steckte sie in seinen Mund und begann zu kauen. Schon nach ein paar Sekunden weiteten sich seine Augen. Er öffnete den Mund, drehte sich um, spuckte die zerkaute Schote in seine linke Hand und begann hektisch zu atmen. Dann drehte er sich ruckartig um und rannte mit hochrotem Kopf aus der Küche.

* * *

Lazar fühlte sich gut, wenn er stolz und erhobenen Hauptes spazieren ging und seinen glänzenden Gehstock im Rhythmus des gemächlichen Tempos schwenkte. Seine rechte Hand steckte stets in der Manteltasche und umschloss die kleine Skulptur seines Vaters. Er spürte die Kraft und die Ruhe, die von ihr ausging. Sie gab ihm Halt.

Stets lüftete Lazar lächelnd den Hut für die entgegenkommenden Passanten und freute sich, wenn diese ihn von ihrer letzten Begegnung wiedererkannten. Ja, er hatte Manieren, gute Manieren. Für die kleinen Kinder steckten in seiner linken Manteltasche Fruchtbonbons. Kam ihm eine Mutter mit ihrem Kind entgegen, fragte er die Frau mit seinem holprigen, jedoch liebenswerten Deutsch, ob er dem Kind ein Bonbon geben dürfe. Dann beugte er sich herunter, hielt dem Knirps mit einem gewinnenden Lächeln ein Bonbon hin und freute sich diebisch, wenn er dafür ein 'Dankeschön' zu hören bekam.

Beim Kochen in der Kaserne hing Lazar seinen Gedanken nach. Er dachte oft an seine Frau, den Sohn, seinen Gasthof, die Freunde. An das neue Regime in seiner Heimat und an sein neues Leben. „Du bist ein großer Glückspilz!", freute er sich und dankte seinem Gott dafür. „Wie mag es wohl meinen Freunden ergangen sein, leben sie noch, wohin hat es sie getrieben?"

* * *

Die mit Messing eingefasste Glastür trug den Schriftzug *"Salon Walterschmidt"*. Lazar öffnete langsam die Tür und blieb sofort stehen, als das helle Klingeln eines Glöckchens ertönte. Er sah nach oben in den Türwinkel und schmunzelte über die kleine Alarmanlage. Dann sog er den Geruch von Dauerwellen, Rasierwasser und Parfüm ein. Lazar mochte eine derart gediegene Atmosphäre. Die modernen Friseursalons empfand er als zu bunt, oft zu schrill, zu laut. Hier hingegen fühlte er sich sofort wohl. Er nahm seinen Hut ab, schloss die Tür und ging in die Mitte des mit einer Garderobe und einem Regal für Pflegeprodukte sehr zurückhaltend dekorierten Raumes.

„Guten Tag. Was kann ich für Sie tun?", wollte die Frau mit den hellblonden Haaren hinter der kleinen Empfangstheke wissen. Sie wies mit ihrer Hand auf die gegenüberliegende Seite: „Zum Herrensalon geht es dort drüben."

Lazar drehte seinen Kopf, sah den großen Türbogen und die im Nebenraum stehenden Friseurstühle. Aus dem gegenüberliegenden Spiegel sahen ihn zwei junge Leute an. Er wandte seinen Blick wieder zurück zu der blonden Frau und lächelte sie an, fand aber keine Worte. Fasziniert starrte Lazar abwechselnd auf ihre Locken und ihre hellblauen Augen.

„Es ist eben ein Platz freigeworden. Ich kann Ihnen Ihre Haare schneiden, wenn Sie möchten", sagte die Blonde mit einer melodischen Stimme und einem etwas unsicheren, fragenden Blick.

Lazar bekam nur ein Nicken hin, hängte seinen Hut und seinen Mantel an die Garderobe, stellte seinen Stock in den Schirmständer und betrat den Herrensalon. Er nickte dem Friseur mit dem runden Gesicht und dem pomadigen Haar am ersten Friseurstuhl zu und folgte der blonden Frau zu ihrem Arbeitsplatz am Fenster. Für Lazar füllten die blonden Haare und die hellblauen Augen der Friseurin den ganzen Spiegel aus. Ihre Fragen nahm er zwar wahr, darauf zu antworten war er jedoch nicht in der Lage. Er lächelte nur und seine Augen klammerten sich unentwegt an ihrem Haar und ihren Augen fest. Seit dem Verschwinden seiner Ehefrau war Sex für Lazar kein Thema mehr. Aber jetzt war in ihm ein Schalter umgelegt worden, in seinem Kopf brannten sämtliche Lämpchen lichterloh.

Beim Bezahlen schaute er die Friseurin mit seinem einnehmenden Lächeln an und fragte mit seinem unscharfen Deutsch: „Haben du Zeit für einen Kaffee?"

Sie sah ihn lange an und Lazar befürchtete bereits, etwas falsch gemacht zu haben. Seine Hoffnungen auf ein Treffen mit der Blonden begannen sich langsam zu verflüchtigen, als sie mit der wohlklingendsten Stimme von ganz Osnabrück sagte: „Ja. Sehr gerne. Ich spreche mit meinem Chef. Vielleicht kann mich meine Kollegin, Fräulein Schmidt, am Samstagnachmittag für eine Stunde vertreten." Dabei zeigte sie mit ihrer linken Hand auf die junge Frau mit den kastanienbraunen Haaren im Eingang zum Damensalon.

„Gut. Du kommen um drei Uhr. Nach "*Café Osterhaus*". Ich warten an Bramstraße", sagte Lazar und lächelte sie an. Erleichtert stieg er in seinen Mantel, hängte den Spazierstock über seinen linken Arm und nahm den Hut vom Regal. Er sah ihr noch einmal fasziniert in ihre wasserblauen Augen, setzte seinen Hut auf und ging mit einem 'Auf Wiedersehen' betont langsam durch die von der Friseurin aufgehaltene Tür ins Freie.

Draußen entfernte Lazar sich ein paar Minuten weit vom Salon und blieb dann stehen. Der leichte, warme Westwind in der Straße 'Summerland' fühlte sich für ihn an wie heiße Luft aus einem Backofen. Er schnappte nach Luft; so war er schon lange nicht mehr gewesen. Das verschwitzte Hemd klebte ihm schon längst wie eine zweite Haut auf dem Rücken. Er blickte die im Bauhausstil gestalteten Häuserfronten entlang und lächelte. „Ich nennen dich 'Blonde'. Ja, das passen!", sagte er leise und freute sich auf Samstag.

* * *

Drei Monate später zogen sie zusammen. Johanna freute sich auf eine eigene Wohnung. Nachdem sie einige Zeit in dem zerbombten Haus in Essen gelebt hatte und zum Kriegsende bei Schmidts an der Kornstraße einquartiert wurde, sollte nun endlich Schluss sein mit den beengten Wohnverhältnissen inmitten der Familie. Richtig eng ging es zu, als Clärchen, die Tochter der Schmidts, im Sommer aus Hamburg zurückkehrte. Sie und ihre Schwester schliefen beide im Wohnzimmer, wo sie jeden Abend ihre Betten aufklappen und zurechtmachen mussten. Friedrich, das Familienoberhaupt, drängte seit einiger Zeit, immer überaus höflich, Johanna möge sich doch etwas Eigenes suchen. Bei der immer noch angespannten

Lage auf dem Wohnungsmarkt war das leichter gesagt als getan. Da kam Lazar gerade recht!

Ihre neue gemeinsame Heimat fühlte sich gut an. Im 'Summerland'. Zwei Zimmer, möbliert, Küche mit Zugang zum Garten des Vermieters und eine Gemeinschaftstoilette auf dem Flur. Die kleine Skulptur stellte Lazar neben die Kaffeetassen in den Glasschrank. Er freute sich auf das neue Zuhause, auf die schöne Zeit mit seiner 'Blonden'. Weil Lazar und Johanna nicht verheiratet waren, trat auf Betreiben eines englischen Verbindungsoffiziers die Besatzungseinheit als Mieter auf, damit der Hausbesitzer durch die Vermietung an ein unverheiratetes Paar nicht wegen Kuppelei belangt werden konnte. Das Kochen als Gegenleistung für den Offizier auf dessen privaten Feiern stellte Lazar vor keine sonderlich großen Herausforderungen.

Ebenso wie das Kochen und Backen für die Familie Schmidt. Johanna stellte der Familie ihren Partner auf Friedrichs Geburtstagsfeier vor und schnell wurde Lazar zum Freund der Familie. Immer lustig, immer lachend.

Der Familienclown. Er gehörte zu jeder Familienfeier dazu wie der Obstboden mit Sahne zur sonntäglichen Kaffeetafel und neuerdings auch die mit Hackfleisch gefüllten und pikant gewürzten Paprikaschoten, die Lazar regelmäßig servierte. Das Vertrauen zu ihm endete nicht bei seinen Kochkünsten. Immer häufiger suchten ihn die Familienmitglieder als Ratgeber, als Tröster, als den Mann für alles auf. Lazar der Weltenbummler, der Exot, der Küchenkünstler, der Frauenversteher, Lazar als Zentralgestirn der Familie. Seine Antworten stellten die neuen Wahrheiten für die Familie dar. Unabänderlich und unwiderruflich. Egal ob in der Küche oder im Rahmen einer Geburtstagsfeier, Lazar strahlte für die Schmidts eine große innere, nicht aufgezwungene Gelassenheit aus, er schien in sich zu ruhen.

„Was machen Arbeit in Klinik?", wollte Lazar von Friedrich wissen. Sie standen im Dunkeln vor der Haustür und tranken ein Glas Bier. Beide hielten es in dem Wohnzimmer nicht mehr länger aus, das von den Geburtstagsgästen mit Zigarren- und Zigarettenqualm in eine Räucherkammer umgewandelt worden war, zumal die Frauen die von den Männern geöffneten Fenster sofort wieder schlossen. Es zog ihnen kalt an den Füßen.

Die mattweißen Köpfe der Straßenlaternen hingen wie verloren gegangene Lampions in der Dunkelheit. Schnell froren die zwei in ihren dünnen Westen. Denn obwohl es bereits Mitte April war, machten die winterlichen Temperaturen in diesem Jahr für Friedrichs Geburtstag keine Ausnahme.

„Ach, die Klinik! Es gibt so viel zu tun. Du glaubst ja gar nicht, was ich da als Pfleger alles zu sehen bekomme! So viele Kranke! So viel Elend! Kaum zu glauben. Aber bei uns werden sie ruhig gehalten, mit Medikamenten. Dann sind sie friedlich und können keinen Schaden anrichten!", berichtete Friedrich kurz, blickte zum Boden, schüttelte leicht den Kopf, blickte dann Lazar an und ergänzte: „Oft genug bin ich froh, dass ich Feierabend habe und in den Gasthof gehen kann, um Emma zu helfen."

„Du gehen jeden Tag in Gasthof?"

„Nicht jeden Tag. Nur wenn ich abends frei habe, helfe ich an der Theke. Das lohnt sich aber nicht mehr so wie früher. Es kommen immer weniger Leute. Emmas Gasthof ist einfach nicht mehr so gut besucht wie früher. Es fällt uns immer schwerer, die Pacht zu bezahlen. Da kann Emma noch so viel arbeiten. Ich weiß auch nicht, wie es weitergehen soll", antwortete Friedrich und zuckte mit den Schultern.

„Du sagen, wenn ich helfen. Vielleicht Emma in Küche", bot Lazar sich an.

„Das ist lieb von dir, Lazar. Aber ich wüsste nicht, was du tun könntest. Komm, wir gehen wieder rein. Mir wird langsam kalt!"

Lazar blieb am Herd in der Küchenecke bei Emma stehen. Hier vertrieben die Schwaden aus den Töpfen ein klein wenig den Qualm der Raucher. Es roch gut! Lazar sah Emma zu, wie sie Grießklößchen von einem Löffel in die Rindfleischsuppe gleiten ließ. Emma schaute ihn mit traurigen Augen an und lächelte angespannt. Der Schweiß stand ihr auf der Stirn und die Hängebacken waren rot angelaufen. Ihre kurzen, gelockten Haare freuten sich auf die nächste Wäsche.

„Machen Arbeit in Gasthof Spaß?", wollte Lazar wissen.

Das Lächeln wich abrupt aus Emmas Gesicht. „Ich weiß nicht so recht. Es ist alles schon sehr anstrengend", sagte sie leise.

„Du machen etwas Neues in Gasthof."

„Warum?"

„Leute wollen etwas anderes nach Krieg!"

Emma beäugte Lazar sichtlich irritiert. „Mein Gulasch und die Koteletts schmecken den Gästen immer noch!", antwortete sie irritiert.

„Du machen gefüllte Paprika. Ganz einfach", ließ Lazar nicht nach.

„Wo soll ich denn Paprika herbekommen?"

„Ich die bringen mit. Ich zeigen, wie kochen!" Lazar sah Emma begeistert ins Gesicht, offensichtlich erwartete er keine Widerrede.

Emma neigte ihren Kopf langsam von der einen auf die andere Seite. „Ich weiß nicht, Lazar. Gefüllte Paprika in Osnabrück. Das bespreche ich lieber erst mit Friedrich!"

Das letzte Grieskloßchen plumpste in die Suppe.

* * *

Der kleine Peter krabbelte auf dem abgetretenen alten Orientteppich herum, wirbelte alle Fransen durcheinander, nur um sich dann wieder mit der wie eine Speckschwarte glänzenden, kleinen Affen-Skulptur von Lazar zu beschäftigen. Hin und wieder stützte er sich auf seiner rechten Hand ab, richtete sich lachend etwas auf und sah Clärchen an. Mit Pausbäckchen, die an Putten erinnerten. Dann plumpste er leise quiekend zurück und krabbelte auf allen vieren weiter, während er unermüdlich vor sich hin brabbelte. Unter den Tisch, dann hinter das Sofa, um die Beine der Erwachsenen herum. Lazar störte sich nicht daran, er konzentrierte sich auf den Blätterteig, den er auf dem Küchentisch bearbeitete. Für das Kaffeetrinken am 1. Advent sollte es in diesem Jahr einen serbischen Blätterteigstrudel mit Mohn geben. Ausrollen, falten und wieder ausrollen. Clärchen sah ihm fasziniert dabei zu. Sie mochte den kräftigen, etwas untersetzten, quirligen, immer gut gelaunten Mann. Er kam ihr vor wie ein vertrauter alter Bekannter, immer öfter sogar wie ein Seelenverwandter.

Lazar bestrich die erste Lage des Blätterteigs dünn mit der Füllung aus gemahlenem Mohn, Milch und Zucker und dachte dabei an seine Heimat und die angebliche Verfolgung der Königstreuen durch Tito. Peter brabbelte weiter vor sich hin. Clärchen blickte verträumt lächelnd auf den Blätterteig und dachte an ihre verkorkste Zeit mit Horst in Hamburg, und an Walter, der doch nur eben eine kurze und kleine Erbschaftsangelegenheit regeln wollte. Beide Männer hatten sie allein gelassen, ihre Gutgläubigkeit ausgenutzt. Aber diese Zeiten lagen hinter ihr, die Gedanken daran versetzten ihr keine Stiche mehr, die erlittenen Demütigungen taten ihr kaum noch weh. Vor allem dann nicht, wenn sie sich mit ihrem Sohn beschäftigte, ihrem Ein und Alles.

„Was wollen du tun?", riss Lazar sie aus ihren Träumereien und verteilte die nächste Schicht auf dem Blätterteig. Clärchen zog ihre Augenbrauen etwas zusammen und sah ihn fragend an, so als wolle sie wissen, warum er die wunderbare Stille unterbrechen musste. Ohne Clärchen anzusehen, fuhr Lazar fort: „Peter brauchen Vater! Mann arbeiten. Dann du können zu Hause bleiben bei Peter!"

Clärchen stierte auf die Mohnfüllung und schien die Körner zu zählen. „Wie soll ich denn einen Mann kennenlernen? Schließlich muss ich arbeiten. Und den Rest der Zeit kümmere ich mich um Peter." Sie schaute zu Lazar auf. Der konzentrierte sich allerdings weiter auf den Kuchen und verteilte die nächste Mohnschicht mit einem Löffel. Dieser Lazar! Immer hilfsbereit, nie um eine Idee verlegen.

„Wir machen anders! Ich mich um Sohn kümmern nach Arbeit in Kaserne und du gehen tanzen!", ließ Lazar nicht locker.

„Ich weiß nicht, das muss ich mir überlegen." Clärchen spürte eine leichte Verlegenheit aufkommen.

„Du nicht überlegen, du einfach tun!"

Lazar mochte Clärchen. Nicht aus Mitleid, weil er ihre Lebensgeschichte kannte. Es war ihre unbekümmerte und offene Art, die Lazar so an dieser gutaussehenden jungen Frau schätzte. Und ihren Mut, sich als alleinerziehende Mutter wie selbstverständlich mit ihrem Sohn in der Öffentlichkeit zu zeigen. Und dass sie ihren Beruf als Friseurin unbedingt weiter ausüben wollte. Natürlich stand dabei das Geldverdienen im Vordergrund. Lazar imponierte es darüber hinaus, dass Clärchen Friseurin mit Leib und Seele war, ihr Handwerk heiß und innig liebte und leidenschaftlich gerne ausübte. „Wäre ich doch zwanzig Jahre jünger", dachte Lazar manchmal, nur manchmal, ganz selten.

* * *

Die Gottesdienste der Serben fanden in einer Baracke der britischen Militärkaserne in 'Atter' statt. Von 'Haste' aus ein Fußweg von gut einer Stunde. Aber der machte Lazar nichts aus. Zumindest nicht bei trockenem Wetter. Regnete es oder war es im Winter glatt, blieb er zu Hause, trank mit seiner Johanna einen Espresso und spielte mit ihr Domino. Oder dachte an die alten Zeiten in Serbien. „Was ist wohl aus meiner Frau geworden?", ging es ihm durch den Kopf, „und aus meinem Sohn? Dem Gasthof?" Lazar hörte in der Kaserne von den angeblichen Verfolgungen der Königstreuen durch Titos Gefolgsleute und musste wieder an seine Freunde denken. Wie ist es denen wohl ergangen. Konnten sie fliehen? Lebten sie noch?

Lazars Kirchgang Anfang März brachte die latente innere Unruhe zurück, die in ihm wie ein Zeitzünder tickte, konstant, Tag und Nacht. Jahrelang hatte er sie verdrängt, jedoch war es ihm nie gelungen, sie ganz abzuschalten. Er kam spät in die Kirche und fand nur noch einen Platz auf der letzten Bank. Gerade wollte Lazar sich setzten, als es ihn, wie vom Blitz getroffen, durchzuckte. Vorne in der ersten Sitzreihe, ganz außen zur Holzwand, dort wo das dürftige Licht der wenigen blinden Fensterscheiben am wenigsten preisgab, meinte er ein vertrautes Gesicht gesehen zu haben. Ein verwüstetes Gesicht. Die Haut wie derbes Leder, übersät mit pockennarbigen Kratern und Narben. Wie Slobodan, der Schafhirte! Konnte das sein? Nein, das ist nicht Slobodan! Oder doch? Sofort sprangen Lazars Erinnerungen aus

89

einer finsteren Untiefe seines Unterbewusstseins hervor. Wie ein giftiges Insekt, das sich hinter einem Stein versteckte. Lazars Blicke hefteten sich an den Mann in der ersten Reihe und die Zeit schien still zu stehen. Instinktiv griff er in seine Manteltasche und umklammerte die Bronzeskulptur. Die fühlte sich plötzlich so schwer an wie ein Meteorit. Lazar dachte an seinen Vater und seine Heimat. Bilder seines früheren Lebens paradierten vor seinem geistigen Auge.

Geistesabwesend saß Lazar auf der Holzbank und zuckte plötzlich zusammen, als er bemerkte, dass der Gottesdienstes vorbei war. Die meisten Leute hatten die Baracke bereits verlassen und in der ersten Bankreihe saß niemand mehr. Lazar stürzte nach draußen, sah sich hektisch um, konnte den Mann allerdings nicht ausmachen. Er setzte sich den Hut auf und trat langsam den Heimweg an. „Du hast dich bestimmt vertan", grübelte er vor sich hin. Beim Verlassen des Gottesdienstes musste der Mann an ihm vorbeigegangen sein. Sein Freund Slobodan wäre stehengeblieben. Lazar sah sich einige Male um, nahm aber nichts Auffälliges wahr. Trotzdem wuchsen seine Unruhe und damit sein Unbehagen. Von Minute zu Minute köchelte die Unsicherheit in seinem Inneren stärker vor sich hin. Zu Hause legte er den Mantel über die Lehne des Esszimmerstuhls und versuchte sich zu beruhigen. Klar zu denken. „Slobodan hier in Osnabrück? So einen Zufall gibt es nicht", dachte er. „Und wenn doch, warum hat er mich nicht angesprochen?" Lazar schritt im Esszimmer auf und ab wie ein Tier im Zoo und wartete auf seine Johanna. Ihr konnte er alles erzählen und sie würde ihm Halt geben!

* * *

Der zusammengefaltete karierte Zettel, der am Montag in seinem Briefkasten lag, haute rein wie ein empfindlicher Treffer in der letzten Runde eines Boxkampfes. Dabei war der Zettel nicht größer als eine Postkarte. Lazar entfaltete das Stück Papier und las die krakeligen, fast unleserlichen kyrillischen Worte:

Schrebergarten Sonnenhügel. Dritte Parzelle rechts. Morgen, 16 Uhr. Sei vorsichtig, dass dir niemand folgt. Slobodan.

Lazar stand wie angewurzelt vor der Haustür und starrte auf den Zettel. Dann sah er aufmerksam die Straße entlang. Erst nach links und dann nach rechts bis zur Kurve. Lazar konnte keine Person entdecken, nichts Auffälliges. Er steckte den Zettel in seine Hosentasche, sah sich noch mal nach allen Seiten um, ging zurück in seine Wohnung und schloss die Etagentür ab. Zweimal drehte er den Schlüssel um und verriegelte die Tür mit der Kette. „Warum mache ich das eigentlich?", fragte er sich dabei.

Dann nahm er den Zettel aus der Hosentasche, ließ sich in seinen Sessel fallen und stierte auf die unerwartete Einladung. Aus einem dunklen Loch seiner Erinnerung stiegen die Gesichter seiner Freunde in sein Bewusstsein. Sein Gedächtnis holte ohne seine Erlaubnis die Bilder von seiner Flucht und dem Leben in den Partisanenlagern aus einer eigentlich für immer verschlossen geglaubten Schublade hervor. Bild reihte sich an Bild wie ein endloser Film. Lazar sah seine Freunde deutlich vor sich. Den schlaksigen Slobodan, Stanko, den dicken Filimon, Andrej und Dragan.

Wer hatte den Zettel in seinen Briefkasten geworfen? War es wirklich Slobodan? Woher wusste der, wo er wohnte? War er ihm am Sonntag nach seinem Besuch in der Kirche doch gefolgt? Warum hatte er sich dann nicht zu erkennen gegeben? „Aber nein", dachte Lazar, „ich habe niemanden gesehen. Und wenn doch, warum meldete er sich erst heute? Zehn Jahre nach unserer Flucht aus Serbien. Warum diese Geheimnistuerei? Wir sind in Deutschland! Tito müssen wir hier nicht fürchten", redete Lazar sich gut zu.

Er stand auf, zog seinen Mantel an, nahm Hut und Stock und verließ die Wohnung. Er musste einen klaren Kopf bekommen. Grübelnd lief er in Richtung Bürgerpark, mit einem starken, entschlossenen Griff umschloss seine linke Hand den Stock. Seine rechte Hand steckte tief in der Manteltasche und hielt die kleine Affen-Skulptur seines Vaters. Lazars Lieblingsbank lag bereits im Schatten der großen Trauerbuche. Nur wenige Strahlen der untergehenden Sonne fanden ihren Weg durch das noch unbelaubte, aber dichte Geäst bis zu Lazar. Er spürte die kalten Sitzbohlen der Bank nicht. Es schien, als würden sich alle seine Sinne auf die Farben des kurz bevorstehenden Sonnenuntergangs hinter dem 'Westerberg' konzentrieren. Dort glühte der Himmel in einem fantastischen Rot-Orange mit gelben, grünen, blauen und violetten Überzügen und erinnerte Lazar an die Sonnenuntergänge hinter seinen Weinbergen in Serbien.

Dabei reifte sein Entschluss. „Morgen mache ich früher Schluss. Ich gehe zu Slobodan und frage ihn, was diese Geheimnistuerei soll", sagte Lazar leise vor sich hin. Seiner Frau wollte er heute Abend alles erzählen. Er war sich sicher, dass sie ihn verstehen würde.

* * *

„Bleib doch lieber zu Hause, Lazar. Lass die alten Zeiten ruhen!", flehte Johanna mit einer leisen, brüchigen Stimme, denn sie fühlte, dass sie ihn auch heute Morgen nicht umstimmen konnte. Lange hatten sie gestern darüber geredet. Lazar ging zur Garderobe im Gemeinschaftsflur, legte seinen Schal um und zog den Mantel an.

„Ich gehen jetzt!" Er holte seinen Hut vom Regal, nahm den Stock, sah Johanna in die Augen und streichelte ihr zärtlich über die Wange. „Meine Blonde. Sehn du, Freunde warten!" Er lachte, setzte sich den Hut auf und ging hinaus.

Die besten Zeiten des Gartenhäuschens lagen offensichtlich weit zurück. Die unregelmäßig zugeschnittenen, dünnen Bretter schienen sich gegenseitig zu stützen. Vom Boden aus arbeitete sich die Fäulnis nach oben. Wodurch das mit verschiedenartigen Blechen und Pappen in mehreren Schichten belegte Dach gehalten wurde, blieb ein Geheimnis. Die Angeln der geschlossenen Tür rosteten vor sich hin.

Lazar klopfte. Sekunden später schob jemand langsam die Tür auf. Widerwillig knarrend öffnete sie sich und in dem Türspalt erschien das vertraute Gesicht von Dragan. Mit der Brille mit den dicken Rändern sah er immer noch so aus, wie Lazar ihn von früher kannte: wie ein weltverlorener Professor. Allerdings konnte ein Spiegel bei seinem Anblick nur zerbrechen. Sein Gesicht war stark misshandelt – ein Auge blau und blutunterlaufen, die Nase dick und die Lippen angeschwollen und aufgerissen.

Noch ehe Lazar etwas sagen konnte, schnellte Dragans rechter Zeigefinger vor die geschändeten Lippen und Lazars Mund, den er bereits zur Begrüßung halb geöffnet hatte, schloss sich wieder. Dragan öffnete die Tür weiter, ließ seinen alten Freund herein, sah dann zu den rechts und links anschließenden Parzellen und zog die Tür ganz langsam, fast geräuschlos ins Schloss. Lazar verschlug es den Atem. Unwillkürlich musste er husten. Der gräuliche Qualm der Zigaretten schien jegliche Luft aus dem kleinen Raum verdrängt zu haben.

Hinter einfachen, bräunlichen Gardinen befand sich das einzige Fenster. Es war verschlossen. Darunter ein kleiner Tisch mit drei abgewetzten Holzstühlen. Eine vor sich hin qualmende Petroleumlampe und ein überquellender Aschenbecher standen auf der fleckigen und abgewetzten Tischplatte. Auf dem gegenüberliegenden Stuhl saß Slobodan, eine filterlose Zigarette im Mundwinkel, und lächelte Lazar an.

Der nahm seinen Hut ab, ging lächelnd auf ihn zu und umarmte den alten Freund. Freudig klopften sie sich gegenseitig auf ihre Rücken.

"Schön, dass du gekommen bist," sagte Slobodan leise auf Serbisch.

"Ich freue mich, euch zu sehen! Wie geht es euch? Was macht ihr?", wollte Lazar wissen und wunderte sich, dass ihm die Worte nach den vielen Jahren in Deutschland wie selbstverständlich über die Lippen sprudelten. Er umarmte auch Dragan. Alle lächelten und freuten sich über das Wiedersehen.

„Darauf müssen wir einen trinken", rief Dragan, eilte zu dem alten, zweitürigen Eichenschrank an der hinteren Wand und holte eine Flasche Rakija und drei Schnapsgläser hervor. Die drei Freunde setzten sich an den wackeligen Tisch, stießen an, tranken und sprachen über die vergangenen Jahre, ihre Familien, ihre Arbeit. Plötzlich stand Slobodan auf, beugte sich zum Fenster, schob die Gardine vorsichtig ein kleines Stück zur Seite und sah nach draußen. Lazar registrierte seine Kummerfalten. Sein ernstes, sorgenvolles Gesicht.

„Was soll diese Heimlichtuerei? Und wo sind eigentlich die anderen? Und was ist mit deinem Gesicht passiert, Dragan? Hattest du eine Schlägerei?", wollte Lazar wissen.

Die Gesichtszüge der Männer versteinerten sich. Sie sahen ihren Freund mit ernsten Mienen an.

„Wir haben lange überlegt, ob wir dich ansprechen. Wir wollen dich nicht in Gefahr bringen!", sagte Slobodan.

„Wo Stanko steckt, wissen wir nicht. Ich habe ihn zuletzt auf der Flucht in der Nähe der ungarischen Grenze gesehen. Vielleicht wurde er verraten", berichtete Dragan. „Filimon hat sich im letzten Jahr die Pulsadern aufgeschnitten. Wir wissen nicht, warum. Auch seine Frau nicht. Wir können uns das nicht erklären!"

„Das Schlimmste ist, dass Andrej seit Januar spurlos verschwunden ist. Wir wissen nicht, wo er steckt!", ergänzte Slobodan, blickte zum Boden und scharrte ein paar Mal mit den Füßen hin und her.

Lazars Mund stand offen. Seine Freunde. Verschwunden! Tot! Entsetzlich.

„Wir haben immer mal wieder gehört, dass Tito Jagd auf alle Königstreuen machen soll. Auch hier. Mit seinem Geheimdienst. Aber warum. Und warum wir? Es ist alles so lange her. Was soll das? Sie machen mir Angst!", meinte Dragan. „Ich habe keine ruhige Nacht mehr seit der Prügelei. Da haben zwei auf meinem Weg vom Stahlwerk nach Hause auf mich gewartet. Ich weiß nicht, was die wollten. Ich habe mich natürlich gewehrt und einen zu Boden geschlagen. Sie sind dann schnell abgehauen!"

„Die sollen uns in Ruhe lassen! Wir haben denen nichts getan! Ich weiß nicht, wie lange ich das noch aushalte!", jammerte Slobodan und schüttelte den Kopf.

„Ich bin sprachlos!" Mehr wusste Lazar darauf nicht zu sagen. „Das ist mir alles neu!"

„Ich muss jetzt leider gehen und meine Frau von der Arbeit abholen. Alleine lasse ich sie in der Dunkelheit nicht mehr gehen. Vor ein paar Tagen ist sie von Landsleuten beim Einkaufen bedrängt worden. Und ich meine, dass abends ein Mann vor unserem Haus herumsteht. An eine Laterne gelehnt. Als wollte er mir drohen," erwiderte Dragan.

Alle schwiegen. Lazar bekam eine Gänsehaut. Er spürte die Stille am ganzen Körper. Die Petroleumlampe flackerte vor sich hin.

„Treffen wir uns denn wieder? Hier am Ostersonntag zur selben Zeit?", schlug Dragan vor.

„Ja, ich komme. Und ich frage bei den Engländern nach, ob die etwas wissen", versprach Lazar.

* * *

Johanna und Clärchen standen neben dem kleinen, eckigen Sandkasten und froren, trotz ihrer langen Mäntel. Peter spielte derweil, dick eingemummelt, im Sand. Ihm machten die tiefen Temperaturen nichts. Hauptsache, er konnte im Sandkasten graben. Schon am frühen Morgen krabbelte er zur Abstellkammer, holte seinen Eimer mit den Formen und der Schaufel hervor, stellte ihn wie ein Mahnmal auf den Küchenteppich und sah Clärchen unentwegt an. Die bereitete das Sonntagsessen vor und konnte kaum auf ihren Sohn achten. Als dann Johanna kam und der Braten am Rand der Herdplatte vor sich hin köchelte, hob sie Peter auf den Arm. Johanna nahm den Eimer und die drei gingen durch den Keller auf die Rasenfläche hinter dem Haus. Die Teppichklopfstange und die Wäscheleinen verdrängten den kleinen Sandkasten in die schattige Ecke am Nachbarhaus.

„Sag mal, Clärchen, hat Lazar in den letzten ein bis zwei Wochen mit dir über seine Landsleute gesprochen?

Ihr seht euch doch recht häufig!", begann Johanna mit ernster Miene das Gespräch.

„Nein, von seinen Landsleuten weiß ich nichts," antwortete Clärchen und sah in Johannas sorgenvolles Gesicht.

„Lazar ist seit dem Treffen mit seinen alten Freunden so still. Und ernst. Er spricht kaum mit mir über das, was ihn bedrückt. Ich habe es so oft versucht. Ich komme einfach nicht richtig an ihn heran!"

„Stimmt," sagte Clärchen und sah nachdenklich zu ihrem spielenden Sohn, „jetzt, wo du es sagst. Ich finde, er hat sich schon verändert! Er lacht weniger. Oft wirkt er abwesend."

Johanna sah Clärchen an und sagte mit leiser Stimme: „Ich habe Angst um Lazar. Ich weiß nicht, was ich tun soll!"

Clärchen wusste nicht, was sie sagen sollte, ihr Mund öffnete sich, aber es kamen keine Worte.

Die Angst um ihren Lazar fraß sich von einem auf den anderen Tag wie eine hochkonzentrierte Säure in Johannas Alltag. Früher hatte Lazar sie häufig zum Lachen gebracht. Jetzt saß er Tag für Tag nach der Arbeit mit ernstem Gesichtsausdruck am Küchentisch und trank literweise Espresso.

Dabei trug er diesen gestreiften, einem Kaftan ähnlichen Umhang, unter dem ganze Armeen Platz gehabt hätten. Johanna mochte dieses Kleidungsstück mit den enorm weiten Ärmeln überhaupt nicht. Für sie trugen das nur Leute, die sich gehen ließen. Ließ Lazar sich gehen? Johanna wusste nicht mehr, was sie von ihm halten sollte. Vorbei waren seine langen Spaziergänge. Vorbei seine unbeschwerten Erzählungen über Serbien, den Gasthof, seine Familie. Vorbei das abendfüllende Dominospiel.

Aber Lazar war doch ein guter Mann! Immer freundlich und zuvorkommend, aufrichtig, kinderfreundlich. Überall anerkannt. Johanna lächelte liebevoll bei dem Gedanken und hatte Lazars Gesicht vor Augen. Was sollte ihm denn schon passieren? Sie kannte keine Feinde, keine Neider. Und die wenigen Landsleute von Lazar, die Johanna bisher bereits kennengelernt hatte, schienen ihr ganz normale Menschen zu sein. Zudem war er bei den Briten, vor allem bei den Offizieren, hoch angesehen und stand unter ihrem Schutz. Was sollte ihm also schon zustoßen?

* * *

Für Lazar zählte das traditionelle Kaffeetrinken am Ostersonntag bei Familie Schmidt zu den Höhepunkten des Frühjahrs. Jedes Jahr genoss er es aufs Neue. Er fühlte sich in dieser Familie geborgen, spürte eine tiefe Verbundenheit zu den Familienmitgliedern, die ihn so herzlich aufgenommen hatten. Vor allem Clärchen und ihrem Peter fühlte er sich nah. Ohne die Familie Schmidt konnte er sich sein Leben in Deutschland nicht vorstellen. Diese Familie war ihm fast so vertraut wie seine eigene Familie, damals in Serbien.

In diesem Jahr breitete sich allerdings ein Schatten über dem österlichen Kaffeetisch aus. Das Treffen mit seinen Freunden in der abbruchreifen Gartenlaube belastete ihn immer noch sehr stark und er machte sich Gedanken darüber, wie es weitergehen könnte. Auffällig schweigsam saß er am Tisch. Er wirkte abwesend, machte keine Späße, wie sonst immer. Sie scheuten sich, ihn anzusprechen.

Mechanisch holte Lazar dem bettelnden Peter die kleine Bronzeskulptur zum Spielen aus seiner Manteltasche, setzte sich wieder und sah dem Kleinen zu, wie er sich die Affen ansah und mit seinen kleinen Wurstfingern abtastete.

Bereits nach gut einer Stunde stand Lazar plötzlich auf und verabschiedete sich. Am Tisch kehrte schlagartig eine für die Familie Schmidt unbekannte Stille ein. Die beiden Kerzen flackerten. Emma drückte ihr Taschentuch noch fester in ihrer Faust zusammen. Auch Peter war still. So kannten sie Lazar nicht.

„Ich noch treffen Freunde aus Heimat. Nachher ich komme zurück", sagte Lazar in die ratlosen Gesichter, ging mit Johanna zur Garderobe an der Etagentür und kleidete sich an.

„Lazar, musst du denn unbedingt zu diesem Treffen? Ich weiß nicht warum, aber ich habe Angst, dass dir etwas zustößt!", flehte Johanna ihn an. „Was ist, wenn einer das Versteck verraten hat?"

„Meine Freunde nicht mich verraten!", antwortete Lazar entrüstet und sah sie mit böse funkelnden Augen an.

„Und wenn ihr beobachtet wurdet?"

„Wer sollte beobachten? Machen keine Sorgen, Blonde!"

Johanna ließ nicht locker: „Doch! Ich spüre, dass dich etwas belastet. Du bist so unruhig. Hast du vor etwas Angst?"

„Ich müssen jetzt gehen", entgegnete Lazar ausweichend. „Nachher ich komme wieder nach Schmidt!", sagte er, drehte sich um und ging zur Tür hinaus. Johanna stand ratlos im Hausflur, hörte seine harten Absätze auf den Treppenstufen und dann, wie einen Schlussakkord, die Haustür ins Schloss fallen.

* * *

Der schmale Weg neben dem breiten, mit bräunlichem Wasser halb gefüllten Graben führte an einer dichten Buschreihe entlang. Die neuen Triebe an den Zweigen blieben bei diesem nasskalten Osterwetter lieber in ihren Knospen und warteten auf wärmere Tage. Der Lehmboden färbte Lazars schwarze Halbschuhe zunehmend hellbraun. Die schmierige Oberfläche des Weges machte ihm zu schaffen. Lazar konzentrierte sich auf jeden Schritt. Er sah sich nicht um, auch wenn er das Gefühl, dass ihm jemand auf der anderen Seite der Buschreihe verfolgte, nicht gänzlich abschütteln konnte. Wer sollte bei so einem Wetter schon …?

In Gedanken stand er bereits vor der kleinen Bretterbude seiner Freunde. Lazar erinnerte sich an sein Gespräch mit dem britischen Verbindungsoffizier und daran, dass den Engländern keine Übergriffe seiner Landsleute bekannt waren. Er freute sich auf Dragan und Slobodan. Er wollte mehr über ihre Ängste erfahren, ihnen helfen. Zuversichtlich schlidderte er langsam voran, steckte seinen Stock immer wieder tief in den Lehm. Gedankenverloren griff er in seine rechte Manteltasche und erschrak. „Wo sind die Affen?", hörte er sich vor Schreck leise sagen. „Ach, die hast du ja Peter gegeben und dann vergessen, sie wieder mitzunehmen", dachte er noch, als sich plötzlich der durchweichte Lehm hinter ihm vielstimmig zu Wort meldete. Noch bevor er sich umdrehen konnte, wurden seine Hände von starken Armen ruckartig nach hinten gerissen und wie mit Schraubstöcken gehalten. Er sah noch, dass sein Hut in Richtung des Wassergrabens flog, sein Stock bereits halb im Matsch lag und seine Brille unter einem derben Arbeitsschuh verschwand. Dann spürte Lazar einen feuchten Lappen vor seinem Mund. Er schüttelte den Kopf, aber der Lappen blieb. Wie durch eine beschlagene Fensterscheibe sah er die schemenhafte Strauchreihe vor sich. Den auf ihn zukommenden Lehmboden nahm er nicht mehr wahr.

* * *

100

Sie saßen immer noch an der Kaffeetafel und warteten auf Lazar, während sie lustlos an ihren Gläsern mit Eierlikör nippten. Kaum ein Gesprächsthema hielt sich länger als ein paar Sätze. Sie warteten jetzt seit über einer Stunde, aber von Lazar fehlte jede Spur. Dabei war er doch sonst so pünktlich und verlässlich.

Johanna verspürte immer mehr Angst. „Wärst du doch bloß zu Hause geblieben", dachte sie immer wieder, bis ihr klar wurde, dass sie ihren Lazar nicht wiedersehen würde.

In ihrer Gedankenwelt rasselte ein jugoslawischer Panzer über die Blumenbeete rechts und links vor ihrem Haus, als wolle er ihre Erinnerungen an die schönste Zeit in ihrem Leben vernichten.

Anton

Anton saß im Garten vor der Buchenhecke auf der ausgeblichenen, uralten Holzbank, wenige Schritte vom kreisrunden Mauerwerk des Ziehbrunnens entfernt. Die dicken Eichenbohlen der Abdeckung waren mit Moosen und Flechten überzogen, die mächtige Schwengelpumpe ragte wie ein Fanal in den Himmel. In seinem Rücken die großen Fliederbüsche, lag vor ihm der Garten mit dem Herbstgemüse. Die lang ausgestreckten, kühlen Finger der nahenden Herbstnächte zerrten bereits überall das satte Grün aus dem Laub. Ein grauer Pilzrasen breitete sich mehr und mehr auf den Blättern der hellblau blühenden Astern aus. Es lag noch viel Arbeit vor Anton. Die restlichen Äpfel, die Möhren und die Sellerieknollen warteten auf ihre Einlagerung im Erdkeller unter den großen Eichen des angrenzenden Waldes.

Daran dachte er allerdings nicht, als er beide Ellenbogen auf die dunkelbraune Manchesterhose stützte und sein Kinn auf den Händen ruhen ließ. Er blickte an der mit alten Obstbäumen gesäumten Hofzufahrt entlang in Richtung der untergehenden Oktobersonne und grübelte über seine Mutter nach. Die alte Bank kannte auch seinen Vater und seinen Großvater. Anton fragte sich, ob die beiden hier auch so viel über ihre Mütter nachgedacht hatten wie er über die seine. Oder ob die letzten warmen Strahlen der Abendsonne andere Sorgen bei ihnen erwärmten?

Anton konnte sich nicht konzentrieren, keinen einzigen klaren Gedanken zu Ende bringen. Es war doch alles so schön hier. Fast perfekt. Er drehte leicht den Kopf, sodass sich das große Bauernhaus mit seinen rotbraunen

Ziegeln und den roten Dachpfannen in seinem Blickfeld befand. Die geöffneten weißen Blendläden der Fenster sahen für Anton wie die letzten herbstlichen Kohlweißlinge aus, die sich gleich aus den Angeln schwingen, zu ihm herübersegeln und seinen gedankenschweren Kopf umschwirren würden. Er ließ seinem Blick freien Lauf, über die vielen Stallfenster weiter zu dem kleinen Holzschuppen, der gut gefüllt war für den nahenden Winter. Als er seinen Kopf noch ein Stück weiter drehte, heftete sich sein Blick an ihre Rotbunten, die bereits am Tor der gegenüberliegenden Weide auf die Hände der Melker, vor allem aber auf das frische Heu warteten.

Anton blickte starr vor sich auf den Kies. Wieder einmal hing für ihn der Haussegen schief! Immer häufiger stritt er sich mit seiner Mutter über die Art und Weise, wie ihr Nachbar August mit seinen Heuerlingen umsprang. Anton musste erst gestern nach einem neuerlichen Wortgefecht mit August feststellen, dass der kein Mitleid für das extrem harte Leben seiner Heuerlinge aufbrachte und sein eigenes unmenschliches Tun nicht im Geringsten in Frage stellte. Er konnte es nicht mitansehen, geschweige denn gutheißen, wie der Nachbar mit diesen Menschen wie mit Leibeigenen umging und sie auspresste, wo es nur ging. Für seine Mutter war diese Vorgehensweise die einzig richtige. Da war es nur gut, dass sein Vater ihre baufälligen Heuerhäuser schon vor Jahren dem Erdboden gleichgemacht und keine neuen Häuser errichtet hatte.

„Du solltest dich häufiger mit den Nachbarn treffen, Anton", sagte seine Mutter ganz unvermittelt am Abendbrottisch.

Als wollte sie ihn damit reizen, forderte seine Mutter ihn immer wieder auf, an den monatlichen Treffen der Bauern und deren Söhne aus 'Haste', 'Rulle' und Umgebung teilzunehmen.

„Du weißt doch, dass mich zu denen nichts hinzieht!"

Deren Denken und Selbstverständnis fand Anton einfach nur widerlich, so grob gemustert wie sein Oberhemd. Sie tranken literweise Alkohol. Waren unter sich, unter ihresgleichen. Standesgemäß.

„Wir müssen die Gemeinschaft pflegen, uns gegenseitig unterstützen und helfen", ließ seine Mutter nicht locker.

Das mutete Anton seinem Gewissen allerdings nicht zu!

„Die sollen lieber ihren Heuerlingen helfen!"

Er konnte sich sehr gut vorstellen, wie abfällig bei den Zusammentreffen über die Heuerlinge gesprochen wurde. Mehr noch. Gegenseitig rechtfertigten sie sicherlich ihr abscheuliches und menschenverachtendes Vorgehen. Zudem bestärkten sie sich bestimmt auch darin, die von ihnen billig und schlecht errichteten, erbärmlichen Kotten nicht auf einen zeitgemäßen Standard auszubauen. Fehlender Rauchabzug, kalte Lehmfußböden, unzureichend abgedichtete Wände, undichte Dächer, offene Ableitung der Fäkalien von Menschen und Vieh, keine Waschgelegenheiten im Haus und verunreinigte Trinkwasserbrunnen bestimmten den Ausbaustandard der Bruchbuden.

„Was du immer hast! Ist doch alles rechtens! Die machen doch nichts verkehrt, oder?"

Was sollte den Bauern denn schon passieren? Sie brauchten Hilfskräfte auf dem Hof. Viele der kleinen Leute waren von den Bauern abhängig, weil es sonst keine Verdienstmöglichkeit in der Gegend gab. Diese bettelarmen Leute mussten sich mit allem zufriedengeben. Besitzlos, mittellos, ohne Rechte, wurden sie ausgenutzt bis aufs Blut.

„Du verstehst es einfach nicht, Mutter. Du willst es auch einfach nicht verstehen! So darf man mit seinen

Mitmenschen nicht umgehen! Das geht nicht! Das darfst du nicht machen!"

Antons Mutter machte eine abfällige Handbewegung und biss von der dick mit Butter bestrichenen und mit Schinken belegten Scheibe Bauernstuten ab.

Wäre sein Vater doch noch hier! Der vermochte sich nicht nur gegen das herrische Wesen seiner Frau zu wehren, sondern bot auch den tyrannischen Nachbarn die Stirn. Allerdings stand er mit seinen neumodischen Ansichten über Gleichberechtigung, Chancengleichheit und weiterer, in den Augen seiner Nachbarn unsinniger Forderungen, allein auf weiter Flur. Mehr noch – sie nannten ihn einen Marxisten, einen weltfremden Spinner. Seine Ansichten waren hier ohne Belang. Mit ihm wollte die Nachbarschaft sich nicht abgeben. Seine Ansichten machten ihn zum Außenseiter!

Als solcher stampfte sein Vater dann auch kurz nach Kriegsbeginn durch den hohen Schnee in den Wald, Axt und Säge über die Schulter gelegt. Er wollte sich nach einem Streitgespräch mit seinem Nachbarn August mit dem Fällen einiger Bäume für neues Kaminholz abreagieren. Ob er das erreichte, blieb unbeantwortet. Der über ihn zusammenbrechende Baum hüllte seinen Vater in dauerhaftes Schweigen.

* * *

Anton wuchs unter der Fuchtel seiner Mutter auf. Er vermisste seinen Vater. Das Verhältnis zu seinem jüngeren Bruder Franz, Mamas Liebling, beschränkte sich auf die gemeinsamen Schulwege und die Tischzeiten. Mehr nicht. Bloß nicht! Er suchte lieber die Nähe zu ihrem Knecht Wilhelm, einem großen, hageren, starken Mann mit wachen, leuchtend blauen Augen unter den blonden Stirnlocken. Sein Gesicht war rau, als wäre es mit grobem

Sandpapier abgeschmirgelt worden. Er rasierte sich nur in unregelmäßigen Abständen. So umwehte seine Bartstoppeln häufig ein verwegener Ausdruck, der vor allem bei ihrer Magd Liselotte sehr gut ankam. Aber Wilhelm beeindruckte den jungen Anton nicht nur mit seinen Muskeln und dem Ausdruck im Gesicht. Vielmehr faszinierte ihn die Art, wie überlegt der Knecht bei seiner Arbeit vorging und wie ruhig und überlegt er sprach. Wilhelm blieb auch während des Krieges auf dem Hof. Sein steifes linkes Bein machte ihn untauglich für die Wehrmacht. Nach dem Tod des Bauern jedoch trieb Antons Mutter ihren Knecht immer wieder an wie einen Soldaten in der Grundausbildung. Anton meinte das gut beurteilen zu können, denn sein 'Scharführer' bei der Hitlerjugend verhielt sich nicht anders. Wilhelm ließ alles klaglos mit sich geschehen, weil er nach der Volksschulzeit selbst für seinen Lebensunterhalt sorgen musste. Als Zweitgeborener konnte er den elterlichen Hof schließlich nicht erben. Antons Mutter sah in dem Knecht nicht den richtigen Umgang für ihren Sohn. Mit derart ungebildetem Gesinde sollte sich ihr Anton, der Hoferbe, nicht abgeben. Am besten ließ er sich gar nicht erst mit so einfachen, niveaulosen Leuten ein.

Wann immer es ging, suchte Anton Wilhelms Nähe. Vor allem abends hockten sie zusammen. Entweder auf einem Holzstapel hinter dem Schuppen, damit sie vom Hof aus nicht gesehen werden konnten, oder auf dem Rand des Wandbettes in Wilhelms kleiner Kammer neben dem Kuhstall. Stets schlüpfte Wilhelm dann zuerst aus seinen Holzschuhen und legte sein steifes Bein mit den dünnen, löchrigen Kniestrümpfen hoch. Dann kramte er seine Maiskolbenpfeife und eine abgewetzte runde Blechdose aus der Jackentasche ans Tageslicht und klopfte die Pfeife vorsichtig am Bettkasten aus. Immer an derselben Stelle. Er stopfte mit seinen schwieligen Fingern Tabak hinein, den Deckel der Tabakdose unter seinen linken Arm geklemmt. Die rauchfertige Pfeife platzierte er zwischen seine spröden und rissigen Lippen und brannte ein Streichholz an. Augenblicklich füllte der Geruch von Schwefel die kleine Kammer und kitzelte in Antons Nase. Wilhelm ließ dem Zündholz einen Moment Zeit, um den Schwefel zu verbrennen, senkte es dann auf den Pfeifenkopf und zündete den Tabak an. Er zog ein paar Mal an der Pfeife, bis der Tabak richtig glühte, stieß den Rauch genüsslich aus und paffte weiter. Ein Ritual, das Anton jedes Mal aufs Neue aufmerksam beobachtete, während der typische süße Duft nach Vanille die Luft der kleinen Kammer schwängerte.

Dann erzählten sie sich gegenseitig von ihrem Tag. Mal Wilhelm, mal Anton. Abwechselnd. Gleichberechtigt, wie alte Freunde. Wilhelm sprach oft über die viele Arbeit auf dem Hof, über Antons Mutter, sein kaputtes Bein, die Nachbarn. Ganz selten und sehr vorsichtig äußerte er sich auch über Gleichberechtigung, Bildung für alle und Frieden. Davon verstand Anton allerdings gar nichts. Das waren schließlich in der Hitlerjugend und bei seiner Mutter keine Themen, über die es zu sprechen, geschweige denn zu diskutieren galt. Auch wenn er viele Ansichten des Knechtes nicht verstand, fesselten den Heranwachsenden diese in einer Tiefe, die für seine weitere Entwicklung prägend sein sollten.

„Hast du eigentlich Angst vor dem Krieg?", wollte Anton wissen.

„Weiß nicht. Ist weit weg. Ich höre nur von Siegen. Aber der Hermann aus Meiers Kotten soll gefallen sein. War so alt wie ich."

„Tut fallen weh?"

„Sterben tut immer weh! Soldaten sterben nun mal häufig. Im Krieg sowieso. Deshalb finde ich Krieg auch so schlimm!"

„Warum gibt es denn Krieg?" Anton zog die Schultern hoch.

„Eigentlich ist das ganz einfach. Stell dir mal vor, zwei Nachbarn mögen sich nicht, weil …"

Anton unterbrach ihn: „So wie wir unseren Nachbarn August?"

Wilhelm lachte und zeigte dabei seine beiden Zahnlücken im Ober- und Unterkiefer. „Vielleicht! Auf jeden Fall haben sie über irgendetwas gestritten. Zum Beispiel über eine Grenzlinie oder die Benutzung eines Weges." Dabei paffte er große Wolken aus seiner Pfeife. „Nur mal angenommen, der Streit wird nicht beendet. Dann stacheln beide ihre Söhne auf, danach ihre Nachbarn und dann das halbe Dorf. Schließlich kommt es auf Schützenfesten zu Schlägereien zwischen den Gruppen. Und das geht immer so weiter. Eine Stadt, noch eine Stadt. Dann mehrere Länder, die sich überhaupt nicht verstehen." Wieder gab Wilhelm Rauchsignale ab und stütze damit seine Theorie.

Anton verstand. Der Knecht öffnete ihm die Augen! Bald würde es auch hier auf dem Hof Krieg geben. Er, Wilhelm und Liselotte gegen seine Mutter und den Bruder.

*　*　*

Zuerst breitete sich der Krieg allerdings mit voller Wucht in Osnabrück aus. Danach hielten die Briten Einzug und mit ihnen kamen die Hungerjahre. Zusammen mit seiner Mutter bewirtschaftete Anton den Hof und sie brachten ihn durch die unsichere Nachkriegszeit. Wilhelm blieb an Antons Seite, aber als Freund, nicht als Knecht. Antons Bruder hatte den Hof nach seiner Ausbildung zum Schlosser verlassen und war nach Osnabrück gezogen. Seine Mutter blieb, genauso wie Liselotte. Alle litten unter der schweren Arbeit. Besonders Wilhelm fluchte zunehmend über die Einschränkungen, die ihm sein steifes Bein bescherte. Einen jugendlichen Eindruck vermittelte er längst nicht mehr. Liselotte erging es nicht besser. Hätte sie verstärkt Gesichtscremes und andere Pflegeprodukte verwendet, hätte sie damit wahrscheinlich nur Geld aus dem Fenster geworfen.

Im Gegensatz zu den Heuerlingen der Nachbarn ging es ihnen jedoch sehr gut. In deren erbärmlichen Behausungen herrschte die pure Not. Die Männer und Frauen waren abgearbeitet, genauso wie die einfachen Dächer und Wände ihrer Hütten durch die Naturgewalten verschlissen waren. Die Kinder spielten im Dreck und da sie nur wenig Wasser zum Waschen hatten, starrten sie vor Dreck. Alle stanken.

„Wir müssen den Heuerlingen helfen! Hast du die Leute aus den Hütten von August gesehen? Das kann nicht so weitergehen!", empörte sich Wilhelm beim Abendbrot vor seiner Mutter. Die starrte ihn mit offenem Mund und geweiteten Augen an. „Warum sagst du nichts? Wir könnten ihnen wenigstens neues Stroh für ihre Betten geben!", legte Anton nach.

„Kommt nicht in Frage! Damit haben wir nichts zu tun! Das muss August regeln und nicht wir", rief seine Mutter aufgebracht. „Das geht uns nichts an! Das sind nicht unsere Kotten!"

„Gott sei Dank, dass Vater unsere schon vor dem Krieg abgerissen hat! Für uns müssen solche Leute sich nicht abquälen!"

„Was du wieder hast, Anton! Sie müssen ja nicht einziehen!" Sie wurde lauter: „Hätten ja auch was anderes machen können. Oder besser in der Schule aufpassen müssen." Fast schrie sie es heraus: „Was können wir dafür? Jeder hat seinen Platz. Wenn August ihnen keine Arbeit geben würde, würden es andere machen. Es ist schon gut eingerichtet worden von da oben!" Ihre Augen folgten ihrem ausgestreckten rechten Arm mit dem erhobenen Zeigefinger bis zur Zimmerdecke, als könne sie dort etwas sehen oder ihrem Sohn zeigen. Der blieb stumm, rang nach Worten. Aber sie war noch nicht fertig! Der Arm schnellte plötzlich nach unten, die zur Faust geballte Hand donnerte auf den Eichentisch. Die Messer auf den leeren Tellern schepperten. Antons fast leeres Glas fiel auf die Seite und entließ die restliche Milch unter den weißen Tischläufer mit der Häkelspitze. Sie sah ihren Sohn energisch und entschlossen mit weit aufgerissenen Augen an. „Solange ich hier bin, wird sich daran auch nichts ändern! Hast du mich verstanden?"

Anton sprang mit einem Ruck nach hinten, sein Stuhl fiel dabei um. Dann verschwand er durch die Tür, die hinter ihm laut ins Schloss fiel. Seine Mutter blickte mit einem Lächeln auf den Lippen auf die schwere Eichentür mit den eingelassenen bunten Gläsern. „Noch bin ich hier die Bäuerin", dachte sie. „Noch habe ich hier das Sagen. Und das soll auch so bleiben! Es wäre ja gelacht, wenn ich mich auch noch um das Wohlergehen von diesen Heuerlingen kümmern müsste!"

Antons Entsetzen schlug um in Wut. Er musste sich abreagieren, denn er spürte, dass er immer dünnhäutiger wurde. Er hatte es versucht, konnte sich aber wie immer nicht gegen seine Mutter durchsetzen. Er fühlte sich ohnmächtig und empfand gleichzeitig Scham. Er schämte sich für seine Mutter, da sie kein Gewissen zu haben schien. Die Not der Heuerlinge war für sie so selbstverständlich wie die Tatsache, dass die Ringeltauben den Weg zur Remise von ihren Lieblingsplätzen in den hohen alten Eichen aus zukackten.

Anton musste etwas für die Heuerlinge tun! Er wollte helfen, ihre Not etwas lindern. Etwas gegen die Machenschaften der Nachbarn unternehmen. Zusammen mit seinem Vater wäre ihm das bestimmt gelungen. Aber jetzt stand er allein da. Eine Zeitlang saß er ratlos auf der Gartenbank. Ausgerechnet jetzt wollten Wilhelm und Liselotte nach Amerika und ließen ihn damit im Stich. Ihr ganzes Erspartes hatten sie in zwei Fahrkarten investiert, hofften auf ein besseres Leben dort. Wilhelm sprach von einem Land, in dem jeder mit seiner Hände Arbeit zu einem reichen Mann werden konnte, selbst, wenn er ein Knecht war. Jeder hatte die gleichen Chancen. In einem halben Jahr sollte es losgehen, von Bremerhaven aus über den Atlantik und dann weiter nach Texas.

„Du wirst sehen, in ein paar Jahren habe ich drüben meine eigene Farm!", grinste Wilhelm und offenbarte dabei seine Zahnlücken.

„Deine eigene was?" Anton hatte das Wort noch nie gehört.

„Das ist ein Bauernhof. Nur anders als hier. Dort werden Rinder gezüchtet", erklärte Wilhelm. „Wart es ab, ich schicke dir dann eine Postkarte."

* * *

Anton fasste in die Brusttasche seines braunkarierten Popelinhemdes und fischte schmunzelnd seine Brille heraus, die in ein dunkles Tuch eingewickelt war. Schon lange wollte er sich ein Etui zulegen, aber so ging es schließlich auch. Er wickelte seine kreisrunde Nickelbrille aus, als öffnete er das bunte Papier eines kleinen Geschenks. Dann faltete er das quadratische Tuch wieder zusammen und klemmte es hinter seine dunkelbraunen Hosenträger aus Leder, mit denen er ein bisschen aussah wie ein Mafiaboss aus den 1920er-Jahren. Anton fand, dass die Brille mit der schmalen Fassung und den dünnen Bügeln perfekt zu seinem dunkelblonden Bürstenschnitt passte. Seine Mutter versuchte ihn ständig von einem Modell mit deutlich stärkerem Rahmen zu überzeugen. Solche Brillen gefielen ihm gar nicht, schon deshalb nicht, weil der Vorschlag von seiner Mutter kam. Als er die Brille auf seiner Nase positioniert hatte, kramte er ein zusammengefaltetes, zerknittertes Blatt Papier aus der Hosentasche und sah sich zum hundertsten Mal das alte Foto eines vor Anker liegenden Schiffes an. Der Rumpf und die gedrungenen Aufbauten waren weiß. Die dunklen Bullaugen wirkten bedrohlich. Aus der Mitte des Schiffes ragte ein schwarzer Schornstein mit einem großen gelben 'C' empor. Oberhalb der Reling hingen die Rettungsboote. „Hoffentlich brauchst du die nicht, mein Freund", murmelte Anton vor sich hin, steckte das Blatt zurück in seine Hosentasche, verstaute die Brille in seiner Brusttasche und ging zur Remise.

Den bedauernswürdigen Heuerlingen musste geholfen werden und damit würde er gleich am nächsten Tag anfangen! Anton wollte Stroh für die Wandbetten verteilen und ein paar Eimer Sand mitnehmen, damit sie ihren Lehmfußboden abstreuen konnten. Das würde zwar nicht gegen die schneidende Kälte helfen, die von unten durch den nicht isolierten Boden ins Haus drang. Aber immerhin ein besseres Gefühl vermitteln. Dann stellte er noch Kalk auf den Pferdehänger. Durch das Herdfeuer mussten die Wände bestimmt schwarz sein vor Ruß. Mit etwas blauer Farbe in dem flüssigen Kalk wurden sie zumindest für ein paar Wochen wieder himmelblau. Als letztes machte er das alte Fahrrad seines Opas flott und legte es auf das Stroh. Anton hatte gehört, dass eine Heuerlingsfrau erst vor wenigen Tagen ein Mädchen entbunden hatte; sie würde sich bestimmt über das Fahrrad freuen. Dann konnten die schweren Milchkannen am Lenker baumeln und sie musste sie nicht mehr per Hand zur Hauptstraße schleppen.

Am Nachmittag wollte er los, denn da war seine Mutter für gewöhnlich nicht zu Hause. Sie traf sich jeden

Freitag zum Kaffeekränzchen mit ihren Freundinnen. Genau der richtige Zeitpunkt! Anton fühlte sich gut.

* * *

Clärchen sah Anton zum ersten Mal im *"Salon Walterschmidt"*. Sie freute sich über ihre neue Anstellung in dem alten Familienbetrieb; moderne Friseursalons empfand sie meist als unbehaglich und ungemütlich. Sie arbeitete gerne in dieser etwas gediegenen Atmosphäre. Hier fühlte sie sich wie zu Hause. Auch im Herrensalon. Sie rasierte gerade den Nacken eines Kunden, als sie ihn im Spiegel hereinkommen sah. Eigentlich fiel ihr zuerst sein braunkariertes Oberhemd auf, das aussah, als wäre es bereits eintausendmal gewaschen worden und würde nur von den Hosenträgern daran gehindert, sich aufzulösen. In dem Hemd steckte ein muskulöser Oberkörper mit breiten Schultern. Die Augen des Mannes bewegten sich unaufgeregt, aber wachsam hin und her. Die kräftige Nase, wie ein Felsvorsprung, störte seine sympathische Ausstrahlung überhaupt nicht. Clärchen fand ihn nicht nur attraktiv, sie meinte auch, sein anziehendes und für sich einnehmendes Wesen zu spüren.

„Guten Tag. Nehmen Sie bitte noch einen Augenblick Platz. Ich bin gleich so weit." Clärchen wandte sich Anton zu und wies ihn mit einer kurzen Drehbewegung ihres Kopfes auf einen der freien Stühle hinter sich.

„Wie bitte?", fragte Anton und schob sein rechtes Ohr in ihre Richtung. Die leichte Schwerhörigkeit konnte er nicht mehr leugnen. Er sah Clärchen etwas ratlos an. Schüchtern?

„Sie müssen sich bitte noch einen Moment gedulden!" Jetzt wies sie mit der Rasiermesserhand in Richtung der kleinen Sitzecke.

113

„Ach so. Ja, klar. Macht nichts!" Anton ging zu den einfachen Stühlen aus Buchenholz, setzte sich und verschränkte die Arme vor der Brust, so als wolle er darauf aufmerksam machen, dass ihm Stühle mit Armlehnen besser gefielen.

Sein letzter Friseurbesuch lag schon viele Wochen zurück. Damals hatte ihn ein älterer Herr mit pomadigen langen Haaren und einem griesgrämigen Gesichtsausdruck bedient. Allerdings fühlte Anton sich hier wohler als in dem neumodischen Salon *"Bei Egon"* ein paar Straßen weiter. Da zogen ihn keine zehn Mütter hin. Nie! Nur Schwätzer verkehrten dort! Der richtige Friseur für seine Nachbarn also, diese Wichtigtuer und Selbstdarsteller! Anton hing seinen Gedanken nach.

„So, wir können. Nehmen Sie doch bitte Platz!" Clärchen hatte den Friseurstuhl in seine Richtung gedreht und wies mit ihrer linken Hand auf den Sitz. Anton hatte nicht alles verstanden, ihre Geste ließ jedoch keinen Platz für Zweifel: er war dran! Als er Platz nahm, wurde sein Lieblingshemd sofort mit einem schwarzen Umhang verhüllt und sein Hals mit einer Halskrause eingeengt.

„Wie soll ich schneiden? Haben Sie einen besonderen Wunsch?", fragte Clärchen mit leicht erhobener Stimme.

„Nein, nur alles etwas kürzer. Damit ich über die Feiertage komme. Und bitte den Nacken gründlich ausrasieren!"

„Wird gemacht!", antwortete Clärchen zackig und kam sich einen Moment lang vor wie eine Soldatin bei der Befehlsausgabe. Sie nahm Kamm und Schere und machte sich an Antons dunkelblonde Haare. „Ich habe Sie hier noch nie gesehen. Sind Sie heute zum ersten Mal hier?", wollte Clärchen etwas lauter wissen.

Anton sah sie im Spiegel lange mit interessierten Augen an. Clärchen rechnete schon fast nicht mehr mit einer Antwort. „Doch, ich war schon häufiger hier. Meist hat mir dann ein älterer Kollege von Ihnen die Haare geschnitten."

„Ach so, Josef! Dann sind Sie also aus der Gegend!?"

„Ja, schon. Ich bin mit dem Rad hier. Es sind schon ein paar Kilometer bis zum Hof."

„Sie arbeiten auf einem Bauernhof!?"

„Ja, arbeiten muss ich auch. Aber es ist der elterliche Hof. Ich arbeite also auch für mich", sagte Anton und grinste ganz leicht den Spiegel an. „Und wenn ich nachher wieder zurück bin, gehts ans Melken. Dann warten die Kühe schon."

„Das muss ein toller Beruf sein. Immer an der frischen Luft und mit Tieren arbeiten", schwärmte Clärchen verträumt und pinselte Anton ein paar Haare aus dem Gesicht.

„Jetzt im Winter bekommt man aber auch schnell kalte Finger. Und auch kalte Füße. Viel schöner finde ich es im Frühjahr, wenn die Tiere wieder auf die Weide können, das Gras wächst und alles blüht. Das ist meine Jahreszeit. Ich gehe dann häufig in den Garten und sehe mir alles genau an. Die Blüten. Und überall duftet es. Vor allem unter den großen Fliederbüschen am Gartenzaun …"

Clärchen unterbrach ihn und sah in den Spiegel. „Flieder, ich liebe Flieder!"

Anton verspürte den leichten Druck ihrer Finger am Hinterkopf, neigte, als habe er nur darauf gewartet, seinen Kopf nach unten und sah die vielen blonden Haare auf dem schwarzen Umhang über seinen Oberschenkeln liegen. Derweil ging Clärchen seinen Nackenhaaren an die Länge.

„Ich mag das Landleben. Meine Familie kommt aus der Nähe von Bleckede. Wir wohnten dort außerhalb des Dorfes ganz nah an der Elbe. Hier in Osnabrück ist es auch schön, aber …," Anton hob seinen Kopf, wurde aber sofort wieder sanft heruntergedrückt. „Einen Moment

115

noch, bitte. Ist gleich so weit. Ich wollte nur noch sagen, wenn ich sehe, wie mein Sohn im Sandkasten spielt und alle Zeit vergisst. Der wird bestimmt mal Gärtner oder eben Bauer, so wie Sie."

„Wie alt ist Ihr Sohn denn?", fragte Anton mit gesenktem Kopf.

„Ach, noch ganz jung. Er wird Heiligabend erst ein Jahr alt."

„Wie bitte?"

Clärchen sprach etwas lauter: „Er wird Heiligabend ein Jahr alt."

„Heiligabend! Der Arme. Dann gibt's sicher weniger Geschenke!"

„Nein, das halte ich auseinander! Morgens feiern wir Peters Geburtstag und nachmittags ist dann Bescherung. So, Sie können Ihren Kopf wieder hochnehmen." Clärchen kürzte die Koteletten etwas ein und nahm an der einen und anderen Stelle Korrekturen vor. Das Spiegelbild eines älteren Mannes kündigte den nächsten Kunden an. Clärchen rasierte noch den Nacken aus und wedelte dann die Haare mit einem breiten weichen Pinsel aus Antons Gesicht und von der Halskrause. Schon nahm sie den Spiegel von der Wand und Anton konnte seinen Hinterkopf neben Clärchen im Spiegel betrachten.

„Ist es so in Ordnung? Gefällt es Ihnen?"

„Ja. Sehr gut. Die Feiertage können kommen!" Anton sah Clärchen im Spiegel an. „Ich wünsche Ihnen einen schönen Heiligmorgen und Heiligabend mit Ihrem Kleinen."

„Dankeschön." Clärchen löste den Umhang und die Halskrause, entfernte noch ein paar Haare, zog in einem eleganten Schwung den Friseurumhang zur Seite und entblößte damit seine kräftigen, ineinander verschränkten Arme. Den Umhang über den linken Arm gelegt blieb sie neben dem Stuhl stehen, bis er aufgestanden war.

„Hoffentlich darf ich im nächsten Jahr wieder Ihre Haare schneiden!?"

„Ja, sehr gerne. Auf Wiedersehen", erwiderte Anton und ärgerte sich umgehend über seine kurze Antwort. Denn er würde auf jeden Fall wiederkommen. Am liebsten bereits in der nächsten Woche. Er war fasziniert von dieser Frau. Clärchen hatte es ihm angetan! Ihr gutes Aussehen, das makellose Gesicht, die etwas große, aber hübsche Nase. Vor allem jedoch ihre kastanienbraunen Haare, die wie Kaskaden auf ihre Schultern glitten. Kurzum, sie war eine Augenweide.

Anton vermutete, hinter Clärchens Worten auch eine selbstbewusste Mutter wahrgenommen zu haben. Das, und ihre natürliche, offene Art beeindruckte ihn. Er fand die Frau einfach anziehend. Anton beneidete ihren Mann. Welch ein Glückspilz!

* * *

Bis weit in den März hinein lagen die Temperaturen tagsüber nur knapp über dem Gefrierpunkt, nachts meistens darunter. Seine liebsten Frühblüher, die Gänseblümchen auf der Wiese vor dem Giebel und die Buschwindröschen unter den großen Buchen an der Remise versteckten ihre Köpfchen noch im Gras unter dem schützenden Laub. Einige vorwitzige Narzissen reckten ihre erfrorenen Blattspitzen in die Kälte.

Der offene Kamin strahlte eine wohlige Wärme ab. Anton saß davor in dem gut gepolsterten Armlehnensessel und las die Zeitung, neben sich die hölzerne Stehleuchte mit dem aus dunklem Stoff bespannten Schirm. Dieser erlaubte längst nicht allen Lichtstrahlen freien Durchlass und verbreitete deshalb nur diffuses Licht, sodass Anton sich häufig einzelne Wörter und auch ganze Textpassagen zusammenreimen musste. Er war müde, ein langer kalter

Tag ohne Mittagspause lag hinter ihm. Er hatte viele Stunden im Stall gearbeitet. Das Heu verteilt, Wasser herangeschafft, die Hinterlassenschaften der Tiere auf den Misthaufen gekarrt, neues Stroh eingestreut. Er kam sich vor wie in einem Wettkampf mit seinen Kühen: wer kann die längeren Atemwolken ausstoßen? Immer wieder stampfe er mit seinen Stiefeln auf den Boden. Manchmal um seine eiskalten Füße aufzuwecken, meistens jedoch vor Wut auf seine Nachbarn.

Anton fühlte sich wieder einmal machtlos, bedrückt und jämmerlich. Seine Hilfe für die Heuerlinge reichte nicht aus. Es war einfach zu wenig! Aber was konnte er noch tun? Oft versuchte er in seiner knappen Freizeit bei Spaziergängen im 'Nettetal' einen klaren Gedanken zu fassen, jedoch immer wieder ohne Erfolg. Er kam nicht weiter. Sollte er ihnen Lebensmittel bringen? Milch abzweigen? Obst und Gemüse aus dem Erdkeller? (Bei dem Gedanken, dass seine Mutter bestimmt alle Äpfel und Kartoffeln abgezählt hatte, musste Anton schmunzeln.) Wenn, dann durfte alles nur heimlich passieren. Vielleicht unter einem Vorwand. Aber er würde seine Mutter umgehen, sie betrügen! Warum musste er eigentlich Rechenschaft ablegen? Warum konnte er sich nicht durchsetzen? Konnte er etwas ändern?

Ganz in Gedanken versunken trottete er am Ostersamstag den schmalen Uferweg an der 'Nette' entlang, wich dabei immer wieder den matschigen Stellen und Pfützen der vergangenen Regentage aus. Er sah die frischen Spuren eines Kinderwagens in dem aufgeweichten Boden und dann hinter der Biegung eine Frau in einem modischen braunen Mantel. Die Schulterpartie war aufwendig verarbeitet, die Ärmel über dem Handgelenk großzügig umgeschlagen, sodass das karierte Futter preisgegeben wurde. Die dunkelbraunen Haare hatte sie halb hochgesteckt. Ihre schwarzen Lederhalbschuhe hatten bereits Bekanntschaft mit dem hellbraunen Lehm des Weges gemacht. Mit einiger Mühe schob sie den Kinderwagen über den unebenen Untergrund. Die ursprünglich verchromten Schutzbleche über den kleinen Reifen hielten längst nicht alle Schlammspritzer davon ab, sich auf dem beigefarbenen Geflecht des Kinderwagens niederzulassen.

„Guten Tag!", sagte Anton leise in Richtung der Frau. Die blieb abrupt stehen, drehte sich um und zeigte ihm ihr überraschtes Gesicht. Anton nahm seine Hände aus den Hosentaschen. „Ach, Sie sind es!" Sofort hatte er die Friseurin aus dem *"Salon Walterschmidt"* erkannt. Zum Glück hatte er sich ihren Namen gemerkt, der auf den Friseurkittel gestickt war. „Hallo Clärchen, hoffentlich habe ich Sie nicht erschreckt?"

„Nein, nein! Ist schon gut. Jetzt erkenne ich Sie! Sie waren doch kürzlich bei mir im Salon! Wie geht es Ihnen?" Clärchen schob den Kinderwagen langsam weiter. Ihr Sohn sah aufmerksam zu dem fremden Mann hoch und brabbelte Unverständliches vor sich hin. Clärchen lief plötzlich ein Schauer über die Arme, ihre Nackenhaare stellten sich auf. Anton schritt auf den rechten Wegrand und reinigte unbewusst seine Schuhe im hohen, nassen Gras.

„Mir geht es gut. Ein paar Probleme hier, ein paar da. Und wie geht es Ihnen und Ihrem Kleinen?"

„Gut, danke der Nachfrage. Wir nutzen jede freie Minute für einen Spaziergang. Frische Luft ist wichtig. Und so viel Zeit haben wir auch nicht füreinander. Ich bin oft schon recht lange im Salon."

„Aber ein Spaziergang in dem Matsch? Hier ist doch alles aufgeweicht. Ist das in der Stadt nicht angenehmer?"

„Schon, aber der Kleine soll die Natur kennenlernen! In der Stadt ist alles so eng. Es fahren so viele Autos. Wir beiden wohnen bei meiner Mutter in einem kleinen Zimmer. Da ist er tagsüber, wenn ich arbeite, lange genug!

Oft auch lange genug allein." Clärchen nickte Anton zu, als wolle sie diese Tatsache bekräftigen. Ihr Sohn hielt sich am Rand des Kinderwagens fest und wackelte mit seinem Oberkörper hin und her.

Das hätte Anton jetzt nicht erwartet! So eine gutaussehende und mitten im Leben stehende Frau hatte keinen Mann! Als Alleinerziehende musste das in der heutigen Zeit nicht einfach sein. Es gab kaum Anerkennung für das 'Fräulein Mutter'. Anton nahm seinen ganzen Mut zusammen, sah zuerst in den Kinderwagen und dann Clärchen direkt in die Augen: „Wenn Sie wollen, besuchen Sie mich doch auf meinem Hof. Er liegt nicht weit von hier." Er wies mit seinem rechten Arm in Richtung des kleinen Wäldchens. „Gleich dort drüben, hinter den Bäumen! Am besten würde es an einem Freitagnachmittag passen. Ich kann Ihnen meine Anschrift notieren!?"

Clärchen sah Anton mit großen Augen an. Überrascht, oder doch verunsichert? Dann verzog ein leichtes Lächeln ihre Mundwinkel. „Ja, gerne!"

„Und bringen Sie doch Ihren Sohnemann mit. Wie heißt er denn?"

„Peter, das ist mein Peter. Ohne ihn unternehme ich sowieso nichts!", sagte Clärchen stolz.

Anton kramte einen Bleistift (eigentlich war es nur noch ein Stummel von gut drei Zentimetern Länge, den er lediglich durch die selbstgefertigte Verlängerung aus dünnem Blech benutzen konnte) aus der Jackentasche hervor und zauberte ein Stück Papier aus der Innentasche in seine kräftige Hand. Er glättete den kleinen Zettel und schrieb vorsichtig, ohne das Papier zu beschädigen, seinen Namen und seine Adresse auf. So dünn, dass Clärchen später die Buchstaben erraten musste. Sie gingen noch ein kurzes Stück gemeinsam den matschigen

Weg entlang und verabschiedeten sich an einer Gabelung. Antons Kühe warteten.

* * *

Clärchen freute sich über die Einladung. Für ihren Sohn. Der würde bestimmt große Augen bekommen. Ein richtiger Bauernhof! Mit Tieren und Maschinen! Sie beugte sich leicht nach vorne und flüsterte in den Kinderwagen hinein: „Das wird ganz großartig! Du wirst sehen." Allerdings machte der Kleine nicht den Eindruck, als würde er sich freuen, denn er schlief. Clärchen schob den Kinderwagen langsam weiter und hing ihren Gedanken nach. Wann war sie eigentlich das letzte Mal von einem Mann eingeladen worden? Das lag zwar lange zurück, es fehlte ihr aber auch nicht. Die Bilder von Horst und Walter waren bereits vor langer Zeit aus ihrem Bewusstsein davongeflogen, wie von einem Sturm weggetragen.

Sie bildete sich ein, nach diesen zwei gescheiterten Beziehungen so etwas wie eine innere Einbruchmeldeanlage gegen zu aufdringliche Männer installiert zu haben, ein neues inneres Alarmsystem mit einem hohen, anhaltenden Piepton. Ihre alten, maroden Sicherungen waren damals so schnell erloschen wie Wunderkerzen zu Weihnachten. Sie wollte nicht noch einmal so gutgläubig sein, so hintergangen werden. Täglich rief sie sich die Reste der alten Erinnerungen hervor. Heute würde sie alles ganz anders angehen und ihre Vorstellungen und Bedürfnisse deutlich formulieren. Clärchen wunderte sich über sich selbst! Sie fühlte sich seit Monaten sehr gut und allen Situationen gewachsen. Mehr noch. Sie empfand eine innere Stärke und sah sich anderen Menschen überlegen. So zumindest empfand sie es. Dass sie auf andere zunehmend arrogant und

121

überheblich wirkte, sah sie selbst nicht. Auch ihre energischeren, vielleicht auch leicht verhärmten, Gesichtszüge ignorierte sie.

Clärchen strich sich selbstverloren über die rechte Wange und dann über ihre Haare. Ja, sie konnte sich immer noch sehen lassen! Die soeben ausgesprochene Einladung von diesem freundlichen Mann mit der athletischen Figur nahm sie als Bestätigung dafür. Seine offene und einfühlsame Art war ihr sofort aufgefallen. Clärchen freute sich auf den Besuch. Vielleicht passte es bereits am kommenden Wochenende?

* * *

Anton staunte über sich selbst! Was war das denn gewesen? Einfach so eine fremde Frau anzusprechen, ohne Übung oder Erfahrung in solchen Dingen. Erstaunlich! Aber er musste sie einfach ansprechen. Er fühlte sich von dieser Frau angezogen. Sie gefiel ihm. Seine Blicke sogen ihren Anblick auf. Die Faszination ließ seinen Atem stocken. Schnappatmung! Ihm wurde heiß, sein Kopf glühte. Die Obstbäume am Wegesrand fühlten sich für ihn wie Heizstrahler an. Eine Allee aus Heizstrahlern. Er konnte keinen klaren Gedanken mehr fassen. Endlich kam der Hof in Sichtweite. Die Arbeit wartete schon auf Anton. Er musste sich schnell noch umziehen und dann in den Stall. Beim Anziehen der Stiefel dachte er noch kurz an Clärchen. Hoffentlich kam sie ihn besuchen. Bald. Er freute sich.

Es dauerte dann doch noch einige Wochen. Häufig regnete es, die Temperaturen waren wenig frühlingshaft. Bis weit in den April hinein hatte es nicht mehr als zehn Grad. Erst Ende des Monats kletterte das Thermometer auf über zwanzig Grad. Wie aus dem Nichts zeigten sich die Buschwindröschen und die Gänseblümchen. Die

Wiese am Giebel des Wohnhauses verwandelte sich in ein Meer aus lila Krokussen und an der Böschung des Grabens auf der anderen Straßenseite zeigten sich die Schlüsselblumen.

Anton baute in der Sonne neben der Scheune unter dem großen Dachüberstand eine Sandkiste. Ganz einfach aus vier glatten Brettern, die er an den Ecken zusammennagelte. Er kniete gerade im Sand und glättete die Oberfläche, als seine Mutter durch das Dielentor geradewegs auf ihn zustürmte. Sie musste ihn schon länger beobachtet haben.

„Was machst du denn da?", rief sie ihm auf den letzten Metern zu, blieb breitbeinig vor der Sandkiste stehen und stemmte ihre Hände in die Hüften. „Willst du jetzt wieder anfangen im Sand zu spielen?"

Anton sah von unten seiner Mutter ins Gesicht. Der verächtlich hochgezogene rechte Mundwinkel spiegelte ihre Arroganz und Überheblichkeit wider. Ihre Körperhaltung und Dominanz machten ihn wütend. Gleichzeitig fühlte er sich wieder wehrlos. Dem herrischen Wesen seiner Mutter konnte er nichts entgegensetzen. Er spürte, dass er ihr ausgeliefert war.

„Wir brauchen immer mal wieder Sand auf dem Hof", suchte Anton nach einem Vorwand. „Möglichst trocken", ergänzte er.

„Dann hast du ja nebenbei für die Katzen ein herrliches Klo gebaut", zischte seine Mutter, drehte sich um und stapfte zum Stall zurück.

* * *

Clärchen sah umwerfend aus! Ihr perfekt aufeinander abgestimmtes Outfit betonte ihre Figur, wirkte unaufdringlich und strahlte zudem eine unglaubliche Eleganz aus. Das Oberteil umschmeichelte die weiblichen

Attribute und der geschlitzte Rock vollendete die wunderschöne Ansicht. Ihre Schuhe mit den halbhohen Absätzen setzten die vertikale Linie perfekt fort. So eine gut gekleidete Frau hatte der Hof bestimmt noch nie gesehen. Clärchen bereitete der Chic allerdings beim Schieben des Kinderwagens mit zunehmender Strecke immer größere Probleme. Sie verlangsamte daher ihr Tempo. Verschwitzt wollte sie auf keinen Fall ankommen. Ihr Sohn schlief derweil. „Vielleicht bereitet Peter sich auf den Besuch des Bauerhofes vor", dachte Clärchen.

Kaum lagen die Häuser der Stadt hinter ihr, fächelte der leichte, warme Wind den angenehmen Duft von frischem Gras, grünen Blättern und frisch aufgebrochener Erde zu ihr herüber.

Als Clärchen den Hof mit ihrem Kinderwagen betrat, belud Anton gerade den Pferdeanhänger mit Stroh für die Heuerlinge. Die düsteren Gedanken über seine Mutter lösten sich sofort auf, als er sie erblickte. Er stellte die Forke zur Seite, wischte sich das Heu von der Hose und ging Clärchen lächelnd und mit großen Schritten entgegen.

„Guten Tag, Clärchen. Schön, dass Sie und Peter gekommen sind." Anton beugte sich herunter und sah in den Kinderwagen. Ihm blickten verschlafene Augen entgegen.

„Ja, danke nochmal für die Einladung." Sie sah Anton ins Gesicht und lächelte.

„Kommen Sie, ich zeige Ihnen den Hof und stelle Ihnen Wilhelm und Liselotte vor." Dabei zeigte Anton mit dem ausgestreckten Arm in Richtung des Hofes und lächelte Clärchen an. "Aber lassen Sie uns bitte mit dem albernen Siezen aufhören. Ich bin Anton. Einverstanden?"

„Ja, sehr gerne", erwiderte Clärchen und sah Anton dabei selbstsicher an. Der erwiderte ihren Blick kurz, schnappte sich den Kinderwagen mit dem hin und her wippenden Peter und schob ihn auf die Scheune zu. Als der Sandkasten in Sichtweite kam, rief Anton nach Wilhelm und Liselotte.

„Wer sind denn die beiden?", wollte Clärchen wissen. Im nächsten Moment blieb ihr der Mund offen stehen. Der Sandkasten fiel in ihr Blickfeld. Mit sauberem Sand! Nicht wie der verdreckte und harte Sand auf dem Spielplatz in der Stadt. Sie sah Anton wieder in seine Augen.

„Die beiden helfen mir auf dem Hof. Allerdings nicht mehr lange. Sie wollen nach Amerika."

„Oh, nach Amerika! Aber du lebst sicherlich nicht ganz allein hier?"

„Nein…", und nach einer kurzen Pause etwas leiser: „Meine Mutter ist noch da. Aber freitags ist sie immer bei einem Kaffeekränzchen." Anton sah Wilhelm auf die Scheune zukommen und atmete tief durch. Jetzt musste er nicht mehr über seine Mutter sprechen! Er stellte Wilhelm vor und konnte gleich mit Liselotte weitermachen, die aus dem Stall gelaufen kam.

Liselotte schaute sofort in den Kinderwagen und fragte Clärchen: „Wie heißt der Süße denn?", und ohne eine Antwort abzuwarten, „darf ich ihn auf den Arm nehmen?"

„Er heißt Peter. Aber sei bitte vorsichtig!"

Liselotte nahm Peter aus dem Kinderwagen, setzte sich auf den Rand des Sandkastens und sah Anton an: „Du kannst deinem Besuch in aller Ruhe den Hof zeigen. Ich spiele so lange mit dem Kleinen. Nun geht schon!"

Anton sah Clärchen an. Er konnte ihr Parfüm riechen. Ein Wohlgeruch nach Fliederblüten. Einen kurzen Moment lang fehlten ihm die Worte. Aber dann: „Sollen wir?"

„Klar, gerne!"

Sie gingen am Hühnerstall entlang, umrundeten das große Wohnhaus mit den Stallungen und standen schließlich im Garten. Anton erzählte Clärchen von den vielen Gemüsesorten und dass er das warme Wetter ausnutzen und noch Möhren aussäen wolle. Er zeigte ihr die langen Reihen der Steckzwiebeln und Kartoffeln. Clärchen spürte Antons Begeisterung für seinen Beruf und sah ihn mit liebevollen Blicken an. Einem derart einfühlsamen und feinfühligen Mann begegnete sie zum ersten Mal. Darüber hinaus war er attraktiv. Clärchen spürte den Wind über ihre errötenden Wangen streichen und fühlte sich plötzlich wie in einem übernatürlichen magnetischen Feld gefangen. In immer enger werdenden Kreisen zog es sie ins Zentrum, hin zu einem starken Magneten. Zu Anton. Immer stärker. Willenlos seiner Anziehungskraft ausgeliefert. Nur noch ein Wunsch blieb offen! Den erfüllte ihr Anton dann endlich auf dem Heuboden.

* * *

Der Freitag wurde Clärchens Besuchstag auf dem Hof. Liselotte freute sich auf das Spielen mit dem kleinen Peter und Wilhelm grinste über beide Backen. Anton fühlte sich wie ein Entdecker, der gerade auf einen bislang unbekannten Kontinent gestoßen war.

Im Juli überschlugen sich allerdings die Ereignisse. Wilhelm und Liselotte verließen den Hof und fuhren nach Bremerhaven zum Einschiffen nach Amerika. Anton fühlte sich von den beiden verlassen, ein klein wenig im Stich gelassen, auch wenn er sie verstehen konnte. Aber gerade jetzt in der Haupterntezeit ließen die beiden ihn mit den zwei Hilfskräften allein. Die Tage waren ausgefüllt mit Arbeit, vom Sonnenaufgang bis zum Sonnenuntergang. Zusammenhanglos rasten die

Gedanken durch seinen Kopf. Abends sank er, häufig vor Erschöpfung schwankend, auf einen Küchenstuhl nieder und fühlte sich, als wäre er drei Stunden im Mittellandkanal geschwommen.

Der Höhepunkt überkam ihn dann zum Ende des Monats. Clärchen war schwanger. Von ihm. Er sollte Vater werden! Anton saß mit ihr auf der Bank im Garten. Eine kleine Auszeit vom Tagesgeschäft. Zu faul, um die Brille auszuwickeln, hielt er das Schriftstück ihres Arztes mit lang ausgestreckten Armen zwischen seinen Beinen und starrte auf die Bescheinigung, als wäre es die geladene 'Walther PPK' seines Onkels.

„Und, wie soll es jetzt weitergehen? Gerade jetzt. Mir wächst alles über den Kopf. Die Ernte, die neuen Leute und dann auch noch der ständige Streit mit den Nachbarn wegen der Heuerlinge." Anton faltete das Papier zusammen und hielt es Clärchen hin. Die nahm das für sie so wichtige, zukunftsweisende Dokument und legte es ganz vorsichtig, wie ein offizielles Abkommen, auf ihren Schoß, ohne mit dem Schaukeln des Kinderwagens innezuhalten.

„Das weiß ich auch nicht. Aber ich habe mir gedacht, hier gibt es so viel Platz. Vielleicht können wir hier zusammenwohnen!?" Anton sah sie mit einem fragenden Ausdruck im Gesicht an. Clärchen hatte sehr leise mit belegter Stimme gesprochen; dafür war Antons Gehör nicht ausgelegt. Sie kannte solche Situationen mittlerweile gut genug und wiederholte deshalb ihre Frage etwas lauter.

„Das geht auf keinen Fall. Meine Mutter weiß nichts von dir. Und außerdem duldet sie keine andere Frau auf dem Hof." Er senkte den Kopf, blickte zum Boden, scharrte mit den Füßen über den Kies und begann ganz langsam den Kopf zu schütteln.

„Aber Liselotte war doch auch hier!", stellte Clärchen mit einer Stimme fest, als wäre ihr die Gräte eines eingelegten Herings quer in die Kehle gekommen.

Antons Stimme spannte sich, dünn wie ein Haar: „Das ist etwas ganz anderes gewesen. Liselotte war nur eine Magd für meine Mutter." Anton richtete sich auf, saß kerzengerade auf der Bank, stemmte seine Hände auf die Oberschenkel und räusperte sich laut. Seine Stimme klang wieder normal. „So, weiter geht's mit der Arbeit. Die Leute warten! Und heute Abend rede ich erstmal mit meiner Mutter über uns und unseren Nachwuchs! Ich muss es ihr irgendwie beibringen", sagte Anton, gab Clärchen einen flüchtigen Kuss auf die Wange, klatschte sich auf die Oberschenkel, stand auf und stampfte durch den Garten davon, ohne sich noch einmal umzuschauen.

Ratlos und enttäuscht schob Clärchen den Kinderwagen mit dem jetzt vor sich hin brabbelnden und schaukelnden Peter über den Feldweg vor sich her. Sie kam sich vor wie eine Ladenhüterin. Dabei wollte sie doch einfach nur geliebt werden. Von Anton. Mit ihm sah sie sich am Ziel ihrer Träume. Er war der Richtige! Anton war der große Preis! Er brauchte nur noch etwas Zeit, das spürte sie. Immer wenn sie ihre Augen schloss, sah sie sich mit Anton auf dem Rand des Sandkastens sitzen und den beiden Kindern liebevoll beim Spielen zusehen. Wie eine richtige Familie. Es würde schon werden. Das spürte sie deutlich. Clärchen lächelte, atmete den Geruch des frisch gemähten Grases ganz tief ein, umfasste den Bügel des Kinderwagens fester und schob ihren Sohn erhobenen Hauptes nach Hause.

* * *

„Das kommt nicht in Frage. Nur über meine Leiche!" Seine Mutter kam Anton vor wie eine seiner Kühe mit

Schaum vor dem Maul. Tatsächlich schleuderte sie Speichel und Brotkrümel quer über den Abendbrottisch. Ihre beiden Hände bildeten Fäuste, die Knöchel traten weiß hervor. Das Brotmesser in ihrer geballten Faust zeigte zur Zimmerdecke und duldete offensichtlich keine Widerrede. Anton wollte nur ein offenes Gespräch und für Clärchen und sein Kind eine einvernehmliche Lösung erreichen. Für ein gutes Miteinander auf dem Hof. Für ein Familienleben. Denn so wie bisher konnte es mit den heimlichen Treffen am Freitagnachmittag nicht weitergehen. Lange genug hatte er das Gespräch vor sich hergeschoben.

Auch wenn er mit gemischten Gefühlen am Tisch saß, eine derart heftige Reaktion seiner Mutter hatte er nicht erwartet. Derart erregt erlebte er sie selten. Und sie musste noch einiges mehr loswerden. Wie nicht enden wollende orkanartige Böen fegten ihre Tiraden Anton ins Gesicht. In einer Lautstärke, die auch seine Schwerhörigkeit nur unwesentlich dämpfen konnte.

„Glaubst du etwa, ich hätte davon nichts mitbekommen? Die ganze Nachbarschaft redet schon darüber. Ich habe kein Verständnis dafür, dass du dich mit so einer einlässt. Such dir eine richtige Frau. Eine, die hierher passt! Für eine mit einem unehelichen Kind ist hier jedenfalls kein Platz!" Antons Mutter knallte das Messer auf den Tisch, stemmte sich vom Stuhl hoch, stützte sich auf ihren Fäusten ab und beugte sich Anton entgegen. „Die hat bestimmt nur Volksschule und ist eine Sozi! Die hat sich absichtlich von dir schwängern lassen. Das ist eine sündhafte Person. Ein sündhaftes Verhalten. Die will hier alles nur unterwandern und unsere sehr, sehr gute, gottgewollte Ordnung durcheinanderbringen!" Sie stemmte sich hoch und rannte mit hochrotem Kopf aus der Küche. Widerworte interessierten sie nicht. Die interessierten sie eigentlich nie.

Ihre Worte trafen Anton ins Mark und schossen wie heiße Lava durch seine Adern. Er schob seinen Teller mit der belegten Scheibe Brot von sich, lehnte sich weit zurück und blickte ratlos auf die Wand mit den vielen Familienfotos.

Sein Vater fehlte ihm. Anton vermochte sich gegen seine Mutter nicht durchzusetzen. Er wusste nicht, woran das lag. Ihm fehlte wohl das Zeug dazu, mit ihr ein Streitgespräch zu führen. Damit tat er sich schwer. Die Erkenntnis, seiner Mutter nicht gewachsen zu sein, nagte schon lange an seinem Selbstwertgefühl. Mit ihr konnte er nicht offen über seine Vorstellungen und Bedürfnisse reden. Geschweige denn, sie von einer großen Familie mit Clärchen und den Kindern unter einem Dach überzeugen. Anton brauchte dringend einen Plan, um wieder ein gutes Gefühl für seine Zukunft zu bekommen. Gab es eine gemeinsame Zukunft mit Clärchen und seiner Mutter auf dem Hof? Gab es eine Zukunft für ihn?

* * *

Anton entging das Gerede über Clärchen und ihn in der Bauerschaft natürlich auch nicht. Behauptungen bestimmten die Gespräche, Lügen und Diffamierungen verbreiteten sich. Erschwerend hinzu kam Antons Ärger mit den anderen Landwirten wegen deren Umgang mit den Heuerlingen. Dass er die armen Menschen unterstützte, führte dazu, dass auch befreundete Landwirte, oder solche, die sich lange Zeit zumindest neutral verhalten hatten, von ihm abwandten. Ehemals nur als Spaßbremse verschrien, betrachteten seine Nachbarn ihn mittlerweile nur noch als Nestbeschmutzter.

In seiner Wut und Ratlosigkeit ging er spazieren, wann immer die Zeit es zuließ. Möglichst lange und möglichst weit weg vom Hof. Auf der Flucht vor seiner

Mutter und auf der inneren Suche nach einem Sinn, einer Lösung. Die frühen Abendstunden führten Anton zu Clärchen. Ein leiser Pfiff unter ihrem Fenster und die Gardinen fingen an sich zu bewegen, ihr Gesicht erschien hinter der Scheibe, und schon dauerte es nicht mehr lange, bis er sie in seine Arme schließen konnte. Clärchen umklammerte ihn dabei wie eine Ertrinkende. Zu ihren Eltern hochzugehen, kam für Anton nicht in Frage. Er wollte sie erst dann kennenlernen, wenn er eine Lösung gefunden hatte und ihnen sagen konnte, dass der Hof auf ihre Tochter und ihre Enkelkinder wartete.

„Ich habe über einen Namen für unser Kind nachgedacht!" Anton sah in das völlig überraschte Gesicht seiner Liebsten. Ihr Mund stand halb offen. Sie wartete aufgeregt. „Wir sollten es Barbara oder Bartholomäus nennen. Die heilige Barbara ist für uns Katholiken eine Helferin in der Not und Bartholomäus ist der Schutzpatron von uns Bauern."

„Ich weiß nicht!? Das sind zwei außergewöhnliche Namen in der heutigen Zeit. Franziska und Andreas gefallen mir da schon besser", meinte Clärchen leise, wartete lange auf eine Antwort und wollte bereits zu einer Wiederholung ansetzen, weil sie an Antons Schwerhörigkeit dachte, als er doch noch antwortete.

„Da magst du recht haben", beteuerte Anton langsam und zähflüssig wie Zuckerrübensirup. „Die gefallen mir auch besser. Ich habe nur gedacht, wir könnten meiner Mutter damit einen Gefallen tun und sie vielleicht umstimmen?"

Clärchen runzelte die Stirn und sah ihn liebevoll an. „Wenn du meinst!" Sie würde alles tun, um mit Anton eine Familie zu gründen. Sie glaubte fest daran! Sie glaubte an Anton. Und sie glaubte, aus den Beziehungen mit Horst und Walter gelernt zu haben. Das versicherte sie immer wieder ihren Eltern und vertröstete sie mit dem Geld und dem Obst und Gemüse, das Anton ihr zu jedem Treffen mitbrachte. Der empfand diese Zuwendungen als einen kleinen Beitrag zum Lebensunterhalt von Clärchen und Peter nicht nur für selbstverständlich, sondern sie stellten für ihn immer auch ein Aufbegehren gegen seine Mutter dar. Auch wenn diese nichts davon erfuhr, erfüllte es Anton mit einer tiefen Zufriedenheit. Ob seine Mutter es anerkennen würde, dass seine Liebste zu Hause die Frisuren von etlichen Frauen täglich neu in Form brachte, damit sie ihr Auskommen hatte? Auf jeden Fall freute Anton sich auf sein Kind und strich Clärchen, wann immer es ging, über ihren rundlicher werdenden Bauch.

* * *

Im Oktober bekam Anton Post aus Texas. Von Wilhelm. Eine Postkarte, auf der Rinder mit langen Hörnern durch eine von Sonnenstrahlen überflutete Stadt mit niedrigen Häusern getrieben wurden. *"Fort Worth, Texas"* konnte Anton unter dem Foto lesen. Die ungelenke Schrift seines Freundes auf der Rückseite machte ihm das Lesen der wenigen Zeilen nicht so einfach.

Lieber Anton,
wir sind nach einer unruhigen Reise angekommen.
Ich arbeite auf einer Farm und Liselotte kocht für die Leute
So viele Rinder wie hier hast du noch nicht gesehen!
Viele Grüße aus Amerika
Wilhelm

Anton freute sich für die beiden und dachte mit Wehmut an seine vielen Gespräche mit Wilhelm. „Du bist

schon ein feiner Kerl! Ich wünsche dir alles Gute",
murmelte Anton vor sich hin.

Das Wetter zeigte sich unbeständiger. Häufiger Regen
kündigte den Herbst an und ließ viele abendliche Treffen
ausfallen. Zu schnell wurde es Clärchen draußen zu kalt.
Ob sie Anton richtig zuhörte, als er ihr von Wilhelm und
dessen Schilderungen aus Amerika erzählte? Von Freiheit
und Gerechtigkeit, von Chancengleichheit. Während sie
unter dem Dachüberstand des kleinen Nachbarhauses
standen, den kalten Wind wie Fesseln um die Beine
geschlungen, dachte Clärchen nur an ihr warmes Zimmer.

Schließlich fielen die Treffen ganz aus. Beim letzten
Mal stand seine Liebste am Fenster, schüttelte den Kopf,
blies ihm einen Luftkuss über ihre offene Hand entgegen,
winkte mehrmals und verschwand dann hinter der
Gardine.

Antons Abende zogen sich in die Länge, nahmen kein
Ende. Die Nächte ebenso. Dann lag er wach in seinem
Bett. Oder wälzte sich von der einen auf die andere Seite,
weil seine Gedanken ihn zu jagen schienen. Wie mochte
es Clärchen gehen? Wie seinem Baby? Dann grübelte er
über das Verhältnis zu seiner Mutter, seiner herzlosen
Mutter, und zu den Nachbarn nach. Über die Heuerlinge.
Seine Zukunft. Manchmal saß er einfach auf dem
Bettrand, den Kopf in beide Hände gestützt. Hellwach
konnte er dann Clärchen vor sich sehen. Manchmal auch
Wilhelm und Liselotte. Anton spürte, wie er von Nacht zu
Nacht gereizter, ungehaltener und aggressiver wurde.
Radikale Gedanken beanspruchten immer mehr Raum in
seinem Kopf.

*Ich zwinge Mutter, mir den Hof zu überschreiben! Oder
soll ich den Hof aufgeben und mit Clärchen weggehen?
Vielleicht hole ich die Heuerlinge hierher!? Besser noch!*

133

Ich zwinge die Nachbarn, damit die den Leuten helfen! Auf jeden Fall gehört der August verprügelt!

Diese Unruhe! Wie sollte es weitergehen? Fragen, nur Fragen. Nicht eine einzige Antwort fiel ihm ein.

Ich will nicht weiter so machtlos sein!

Zäh verstrichen die Tage zwischen Arbeiten, Grübeln und Warten. Seine Mutter mied er. Seine Lieferungen an die Heuerlinge verlegte er auf samstags, damit seine Mutter es auch sehen konnte. Er wartete nur darauf, dass sie ihn endlich ansprach. Sollte sie nur! Clärchens Briefe ließ er absichtlich so auf dem Küchentisch liegen, dass sie den Absender gut lesen konnte. Doch seine Mutter reagierte nicht. Die wenigen Minuten während der Mahlzeiten schwiegen sie sich an, vermieden jeglichen Blickkontakt.

Der Winter inszenierte eine Talfahrt der Temperaturen. Auf den sehr milden Dezember folgte ein etwas zu warmer Januar, der dann einem bitterkalten Februar Platz machte. „Fast so kalt wie mein Verhältnis zu Mutter", dachte Anton häufig beim Füttern seiner Tiere oder wenn er auf dem Weg zu den Heuerlingen auf seinem Trecker saß. Dann schwirrten seine Gedanken wie eine aufgescheuchte Schar Rabenkrähen durch seinen Kopf. Hoffentlich ging es Clärchen gut! Es musste bald so weit sein. Wie konnte es auf dem Hof weitergehen? Mit Clärchen und den Kindern? Mit seiner Mutter, mit ihm, mit den Nachbarn? Mit den Heuerlingen in ihren schwindsüchtigen Hütten?

Er fühlte sich weiter machtlos, spürte ein langsames Zerreißen seiner innerlichen Verflechtungen mit dem Hof. Seine Bereitschaft, alles für sein kleines Universum zu tun, fror mit den eiskalten Februartagen zunehmend ein. Einmal blieb Anton abrupt mitten im Kuhstall stehen und es fuhr ihm durch den Kopf, dass es ja lächerlich war zu glauben, er könnte hier etwas ändern. „Ein klares Bekenntnis zum Hof sieht anders aus", dachte er.

Seine Gefühlswelt geriet zunehmend durcheinander. Enterbung. Anton spürte die unerträgliche Unordnung! Alles fühlte sich an wie eine Fahrt über eine aus Schlaglöchern bestehende Straße. Ohne die Aussicht auf eine Lösung, ohne eine Perspektive. Es hat doch alles keinen Sinn, murmelte er vor sich hin. Für wen tust du das alles überhaupt? Was hält dich hier überhaupt, fragte er sich?

Trotz der niedrigen Temperaturen arbeitete Anton hart. Die Kälte spürte er nicht. „Den frostigen Temperaturen scheint es hier zu gefallen", stellte er fest und fasste sich an seine rechte Jackentasche. Neuerdings steckte da die Postkarte von Wilhelm. Anton spürte die gefaltete kleine Karte deutlich durch den dicken Stoff. Er dachte an das Fotomotiv, an die Stadt im herrlichen Sonnenschein und es kam ihm vor, als sei die Postkarte seine Wärmflasche. Clärchens Briefe trug er nicht bei sich. Die lagen auf seinem Nachtschränkchen.

* * *

Jeden Abend stand Clärchen am Fenster und wartete auf Anton, vergeblich. Kein leiser Pfiff kam aus der Kälte. Niemanden zog es bei diesen eiskalten Temperaturen hinaus auf den nur schummrig ausgeleuchteten Gehweg unter ihrem Fenster. Keine Antwort von ihrem Liebsten auf ihre Briefe. Auch nicht auf das Foto ihrer Tochter Barbara. Clärchen stellte sich vor, dass Anton seit Tagen morgens in Erwartung des Briefträgers durchgefroren am Gartentor stand. Und wie der Beamte mit seinem Fahrrad über den beinhart gefrorenen Schotterweg zum Hof holperte und Anton Anfang März ihren Brief in die eiskalte Hand drückte. Eine kleine rostige Büroklammer hielt das Foto von Barbara an das kleine linierte Blatt fest. Ein kleines, quadratisches Schwarz-Weiß-Bild mit einem gezackten, weißen Rand. Ein Foto von seiner Barbara, wie sie in Tüchern eingewickelt auf Clärchens Arm lag und die beiden sich ansahen.

Liebster Anton,

unsere kleine Tochter ist ein richtiger Sonnenschein! Sie kommt ganz nach dir!

Ich habe alles gut überstanden.

Bitte melde dich bald. Wir freuen uns auf deinen Besuch!

In Liebe

Deine Clärchen

Clärchen stellte sich vor, wie Anton begeistert mit dem Foto über den Hof stolzierte, vom Garten zum Stall, dann hinüber zum schneebedeckten Sandkasten, zur Remise, zum Holzschuppen. Immer wieder blieb er vor ihrem inneren Auge stehen, die bittere Kälte nicht wahrnehmend und strahlte seine Barbara auf dem Foto an. Clärchen schmunzelte, als sie sich vorstellte, wie Anton den Kühen im Stall seine Tochter Barbara vorstellte. Jeder einzelnen zeigte Anton das Foto. Ob er es auch seiner Mutter zeigen würde?

* * *

Mitte März machte Clärchen sich auf den Weg zum Hof. Strahlender Sonnenschein ermutigte sie dazu, auch wenn die Temperaturen noch gut unter zehn Grad lagen. Barbara lag in ihrer rosafarbenen Decke eingewickelt und bis zum Kinn zugedeckt in ihrem Kinderwagen. Peter hüpfte neben ihnen her oder hielt sich am Wagen fest und marschierte mit seinen O-Beinen voran. Clärchen stellte sich vor, mit Anton über ihre gemeinsame Zukunft zu reden.

Über ihre Kinder und eine schöne Wohnung auf dem Hof. Vielleicht auch über eine Heirat?

Der Hof lag wie ausgestorben vor ihnen. Das Einfahrtstor war halb geschlossen. Der leichte Wind trieb das leise Klirren der Kuhketten zu Clärchen herüber. Sie wandte sich dem großen Dielentor zu, ließ den Kinderwagen stehen, ging mit ihrem Sohn an der Hand durch das halb geöffnete Tor hinein und blieb nach zwei Schritten erschrocken stehen. Peter sah sie verständnislos an. Clärchen blickte ein zweites Mal von der linken Dielenseite mit den wiederkäuenden Kühen auf die leere rechte Seite. Sie schüttelte ungläubig den Kopf. „Die anderen Kühe sind doch nicht alleine auf der Weide und dafür ist es sowieso noch zu früh", dachte sie. „Komisch!" Clärchen drehte sich um, gab Peter ihre andere Hand und wollte zurück zum Kinderwagen gehen, als sie Antons kariertes Popelinhemd über dem Kuhstallgitter liegen sah, die braune Farbe konnte Clärchen unter der mit Heu garnierten Staubschicht kaum erkennen. Sie nahm das Hemd und schlug es aus. Peter versuchte dem Staub zu entkommen, stolperte mehrere Schritte zurück und wedelte mit den Armen vor seinem Gesicht. Clärchen lachte, faltete das Hemd und rollte es zusammen. „Das gehört in die Wäsche", dachte sie, ging zum Kinderwagen und legte es an Barbaras Füßchen.

Clärchen schob den Kinderwagen langsam weiter auf den Hof. Peter hüpfte voran und verschwand hinter der Hausecke, nur um wenig später wieder angelaufen zu kommen. Er stellte sich neben den Kinderwagen, hielt sich daran fest und blickte zurück. Bevor Clärchen fragen konnte, was passiert war, sah sie eine untersetzte Frau mit ausgekämmten, buschig vom Kopf abstehenden Locken um die Hausecke kommen. „Das muss Antons Mutter sein", dachte sie, „aber wo steckt Anton? Und warum stapft die Frau auf mich zu wie die aufgebrachte Elefantenkuh im Zoo, die ihr Kalb schützen will?", ging es Clärchen weiter durch den Kopf. Sie kam nicht dazu Antons Mutter zu grüßen.

„Was wollen Sie denn hier? Haben Sie nicht schon genug Unheil angerichtet?", schimpfte die Frau los. "Sie haben mir meinen Sohn genommen. Nur Ihrethalben hat er sich so verändert!" Sie holte Luft.

Clärchen und Peter sahen sie entsetzt an. Peter versteckte sich hinter seiner Mutter und hielt sich an ihrem Mantel fest. Barbara fing leise an zu weinen, ihre kleinen Fäustchen zum Kinderwagenhimmel gereckt. Clärchen fehlten die Worte. Jegliche Farbe verschwand aus ihrem Gesicht.

Antons Mutter blieb stehen. "Sie haben hier alles durcheinandergebracht! Sie sind in unser Leben eingedrungen und wollten sich ins gemachte Nest setzen. Und was haben Sie erreicht? Anton ist weg! Schon seit Wochen. Keiner weiß, wo er steckt! Das ist alles nur Ihre Schuld!" Sie stampfte zwei weitere Schritte auf Clärchen zu: "Verschwinden Sie sofort von meinem Hof!"

Clärchens Mund stand offen. Peter liefen Tränen über die Wangen. Er sah hilfesuchend hoch zu seiner Mutter und zog an ihrem Mantel. Barbara weinte jetzt lauthals. Clärchen wusste nicht, was sie tun sollte.

Antons Mutter nahm ihr die Entscheidung ab. Mit erhobenem Arm wies sie in die Ferne und zischte leise, bedrohlich: "Hauen Sie ab! Verschwinden Sie! Und lassen Sie sich nie wieder hier blicken!"

Entsetzt drehte Clärchen mit dem Kinderwagen um und schob ihn zurück zum Tor. Sie beugte sich zu Barbara herunter und versuchte, die Kleine zu beruhigen. Peter zog am Kinderwagen. Hinter ihr wetterte die Frau weiter: "Unverschämt! Frechheit! Was die sich einbildet. Kommt hier einfach auf den Hof!"

Clärchen konnte die Tränen nicht aufhalten. Anton war verschwunden. Sie wurde vom Hof gejagt. Von einer Furie! Mit versteinertem Gesicht schob sie Barbara zurück in die Stadt. Peter konnte kaum mithalten. Nicht ein einziges Mal blickte sie zurück. Der Hof sollte ihr neues Leben werden, ihr Lebensmittelpunkt mit Anton und den Kindern. Enttäuschung und Entsetzen über das eben Erlebte ergriffen sie. Aus 'Haste' hörte sie die Kirchenglocken läuten. „Das passt ja gut", dachte Clärchen, „ist das die Bestätigung oder eine Warnung?"

Die ganze Tragweite sickerte erst langsam auf dem Weg nach Hause in ihr Bewusstsein. „Wieder mal alleine", ging es ihr durch den Kopf und die Tränen liefen über ihre Wangen hinab zum Kinn und tropften auf ihre Hände herunter. Clärchen konnte nicht anders und schluchzte laut auf. Peter sah sie verstört an. Barbara schwieg. „Wie soll es denn nur weitergehen", fragte sie sich. Ohne Anton! Seine sensible und aufgeschlossene Art und sein mitfühlendes Wesen fehlten ihr jetzt ganz besonders. Und seine finanzielle Unterstützung!

„Er hat mich einfach sitzen gelassen, aufgegeben. Ja, jetzt bin ich eine im Stich gelassene Braut", dachte sie. „Allein mit zwei Kindern!"

Zu Hause warf sie Antons Hemd wütend in die Ecke hinter ihrer Zimmertür. „Bleib du bloß, wo der Pfeffer wächst", fluchte sie leise. Erst am nächsten Tag nahm Clärchen das Hemd und wollte es wegwerfen. „Warum hast du das überhaupt mitgenommen", fragte sie sich und entrollte es vorsichtig. „Total verdreckt, wie kann man nur so rumlaufen", dachte sie kopfschüttelnd. Aus der Brusttasche ragte ein schmaler Streifen verblichenes Papier. Vorsichtig zog sie das zusammengefaltete, zerknitterte Blatt heraus, entfaltete es und blickte auf das alte Foto eines vor Anker liegenden Schiffes mit weißem Rumpf, mehreren Reihen dunkler Bullaugen, weißen Aufbauten und einem schwarzen Schornstein mit einem großen, gelben 'C'. Oberhalb der Reling hingen die Rettungsboote. Clärchen nickte leicht, hob ihren Kopf und sah zum Fenster hinaus, ihre Augen feucht. „Pass auf dich auf, du treulose Tomate!"

Johann

Johann konnte es immer noch nicht begreifen. Aber es blieb dabei. Ein guter Teil der Walnüsse aus der einen Holzkiste war einfach weg! Gut, dass es in diesem Jahr so viele Nüsse gab und er bei seinem Nachbarn, wie schon in den vergangenen Jahren, sammeln durfte. Dort standen drei bereits recht große Bäume auf einer etwas unzugänglichen Wiese zwischen dem Wald und dem kleinen Bach. Auch in diesem Jahr schmerzte sein steifes Bein tagelang, nachdem er die Nüsse aus dem hohen Gras aufgesammelt hatte. Die Verletzung, die dazu geführt hatte, dass das Bein steif geworden war, hatte er sich als Bergmann unter Tage bei einem Steinschlag zugezogen. Ungewollt setzte er damit eine Tradition seiner aus dem Saarland stammenden Familie fort. Soweit er sich entsinnen konnte, waren die Männer früh im Berg oder mit schweren Verletzungen zu Hause geblieben.

Den Anblick seiner Hände, die sich von den Schalen dunkelgrün und braun verfärbt hatten, konnte er niemandem zumuten und sie deshalb eigentlich nur in den Hosentaschen verbergen. Dann jedoch könnte er seinen Gehstock nicht mehr halten. Obendrein müsste er das Rauchen der filterlosen Zigaretten aufgeben. Darüber mochte Johann gar nicht nachdenken. Das Rauchen gehörte für ihn zum Leben wie das Atmen, auch nachdem ihm der Betriebsarzt nach einer Routineuntersuchung eröffnete, dass er eine Staublunge habe. An seine kratzige Stimme und das ständige Husten gewöhnte er sich schnell. Sie gehörten zu den Merkmalen seiner männlichen Vorfahren genauso wie Arme und Beine zum Menschen gehörten.

Stark humpelnd schaffte er die Walnüsse in einer Schubkarre unter Schmerzen nach Hause und füllte sie, endlich wieder auf seinen Stock gestützt, in die bereitstehenden Holzkisten. Die stellte er zum Trocknen auf die breiten Fensterbänke neben dem Hauseingang in die Oktobersonne. Eine übrige Kiste, die auf den Fensterbänken keinen Platz mehr fand, stellte er neben dem Regenfass um die Ecke ab, schräg an die Giebelwand gelehnt. Eigentlich sollte sie dort nur vorübergehend stehen, aber dann vergaß er sie.

* * *

Von der Anstrengung ausgelaugt, setzte er sich auf die Holzbank, die zwischen den beiden dicken Linden in der Sonne stand, und rauchte eine filterlose Zigarette. Hier, an seinem Lieblingsplatz, saß er häufig in seiner dunkelgrünen Strickjacke mit den golden glänzenden Prägeknöpfen, die er auch im Sommer bis obenhin geschlossen hatte. Hier fühlte er sich wohl. Er blickte dann an den Fliederbüschen vorbei auf den Morgensternschacht; für ihn das starke Symbol seiner Familientradition und der Bergbautradition auf dem 'Schafberg'. Johann brachte kein Verständnis auf für Leute, die sich an dem Anblick des Förderturms und der Abraumhalde störten. Er ging häufig dort spazieren und fühlte sich jedes Mal wieder in seine aktive Zeit zurückversetzt. Die Fahrten mit dem Förderkorb, die staubigen Gesichter, die Presslufthämmer, Staub, Kaue, Kameradschaft: sein Leben. Fast 350 Meter unterhalb des Schafbergs fühlte er sich damals gut. Jetzt fühlte er sich oft wie entwurzelt, heimatlos, zu nichts nutze. Außer für die Arbeiten eines Kleingärtners. Wenn er doch noch einmal einfahren könnte!

Die tiefergelegenen Felder und kleinen Ortschaften unterhalb des Schafbergs erregten selten sein Interesse. Johann führte das auf sein fehlendes rechtes Auge zurück, und das wiederum auf die fehlende Schutzbrille in der Schmiede. Nach seinem Unfall unter Tage hatte er dort als Aushilfe gearbeitet. Egal, ob es an der fehlenden Schutzbrille oder der mangelnden Erfahrung lag: der Metallsplitter beendete seine berufliche Laufbahn und katapultierte ihn in eine unsichere finanzielle Zukunft. Fortan trug er eine Augenklappe; für ein Glasauge war nicht genug Geld da.

Hin und wieder kam sein Schwager Wilhelm vorbei und sprach über seinen Sohn, der als U-Boot-Fahrer im Krieg umgekommen war und die sich verflüchtigten Chancen des 'Dritten Reiches'. Johann wusste um Wilhelms nationalsozialistisches Gedankengut. Er selbst war politisch eher neutral, sprach auch nicht gerne über Politik und schaute, während Wilhelm sich in endlosen Monologen erging, rüber zu seiner Frau, die im Gemüsegarten die ersten vergilbten Blätter zusammenharkte. Sie mieteten das kleine Haus mit dem großen Garten an der Hauptstraße zwischen Osnabrück und Ibbenbüren, seit Wilhelm sich bei seinem Nachbarn für sie ausgesprochen hatte. Somit waren sie Wilhelm zu Dank verpflichtet. Und leider auch zum Zuhören!

* * *

Die Sonne schien jeden Tag und die Nüsse trockneten schnell. Genauso wie der Sand, den er in einem großen Blecheimer auf seinen Streudienst im Winter vorbereitete. Damit erfüllte er seiner Frau Wilhelmine, die alle nur Mimmie nannten, einen lang ersehnten Wunsch. Allerdings konnte er sich nicht erinnern, dass sie jemals zur Winterzeit Besuch empfangen hatten. Außer den seines Vermieters. Der kam regelmäßig und wiederholte seine Forderung, nämlich dass Johann ihm nach seinem Unfall in der Schmiede für die Zeit als sein Deputatknecht noch Dienste schuldete.

Den Sandeimer schaffte er in den kleinen Holzschuppen, in dem Werkzeuge, Gerätschaften und neuerdings auch Mimmies Fahrrad lagerten. Den Schuppen hatte er vor zwei Jahren renoviert, wobei Johann vor allem die undichten Stellen im Dach reparierte und die Wände im Boden- und Türbereich abdichtete. Er wollte Mäusen und Ratten keinen freien Zutritt gewähren.

Schon nach wenigen Tagen waren die Walnüsse in den Kisten trocken genug zum Einlagern. Eine nach der anderen beförderte er die Holzkisten von den Fensterbänken in den Schuppen, den linken Arm unter der Kiste, den rechten auf den Stock gestützt. Als er alle Kisten in den Schuppen getragen und sie nachgezählt hatte, fiel ihm die letzte Kiste ein, die er neben dem Regenfass abgestellt hatte. Er humpelte zum Giebel. Und blieb wie angewurzelt stehen. Die Nüsse waren verschwunden! Das konnte er mit seinem linken Auge sehr gut sehen. Als wolle er das Sehergebnis bestätigt wissen, hob er die abgegriffene schwarze Augenklappe aus Filz von seinem blinden Auge (eine alberne Angewohnheit, das wusste er.) Es blieb dabei: in der Kiste lagen nur noch ein paar einzelne Walnüsse! Aber die konnte man an den Fingern einer Hand abzählen, egal, ob man nun fünf, oder so wie Johann nur vier Finger an der Hand hatte. Er verzog verärgert den Mund und kaute gedankenverloren auf der Innenseite seiner rechten Wange herum.

Es musste einen Dieb auf dem Grundstück geben! Johann schlug erbost mit seinem Stock gegen das Regenfass.

Sicher, die verschwundenen Nüsse stellten keinen hohen Verlust dar. Es ärgerte ihn aber. Wer kam also als Dieb in

Frage? Der Bauer oder Wilhelm wohl kaum, die dürften daran kein Interesse gehabt haben. Wen konnte Johann für diesen Mundraub zur Rechenschaft ziehen? Die Schwerkraft zog seine bereits stark hängenden Augenbrauen noch weiter herunter. Seine hohe Stirn warf Falten und die wie aus hellgrauem Ibbenbürener Sandstein herausgeschlagenen Gesichtszüge mit den stark ausgeprägten Kummerfalten legten deutlich an Blässe zu. In einem solchen Moment sah er aus wie sein Vater als alter Mann und nicht wie 49!

Er vermutete, dass es die Eichhörnchen waren. Ja! Nur die Eichhörnchen kamen als Übeltäter in Frage! Jetzt im Herbst konnten sie die Nester der Singvögel nicht mehr plündern und machten sich deshalb über seine Walnüsse her. Unverschämt! Johann lächelte milde. Diesen possierlichen Tieren konnte er schnell verzeihen. Er brachte die übrigen Nüsse in den Schuppen in Sicherheit. Von dort konnte Johann sie in der kalten Jahreszeit portionsweise holen und auf seinem Lehnstuhl neben dem Ofen sitzend knacken und verzehren. Er freute sich darauf und dachte an die Eichhörnchen und deren Vorratshaltung.

* * *

Am folgenden Tag ging er in den Schuppen, um ein paar Kartoffeln für das Mittagessen zu holen. Gerade wollte er den Schuppen verlassen, als sein Blick an dem Blecheimer mit dem getrockneten Streusand hängen blieb. Warum war denn dort ein Loch im Sand? Johann humpelte zu dem Eimer, betrachtete das runde, gut drei Zentimeter breite und tiefe Loch und griff mit Daumen und Zeigefinger langsam hinein. Nichts! Er zog seine Finger zurück und langte mit der ganzen Hand in den Sand. Sofort fühlte er etwas Hartes zwischen seinen

145

Fingern. Er rieb den Sand beiseite und staunte nur noch: da lag eine Walnuss auf seiner Handfläche. Sprachlos schüttelte er den Kopf.

Woher kam die denn nun? Sollte etwa ein Eichhörnchen die Nuss versteckt haben? Aber nein! Schlupflöcher in den Schuppen hinein gab es nach der Renovierung nicht mehr! Es gab keinen geheimen Zugang für die kleinen Nusssammler! Oder? Hielt ihn jemand zum Narren? Johann schloss das Loch, glättete den Sand und verließ den Schuppen, immer noch ratlos. Am nächsten Morgen ging er sofort nach dem Frühstück in den Schuppen und inspizierte den Sandeimer. Kaum zu glauben: heute grinsten ihn zwei Löcher an. Mit zwei Walnüssen darin!

Das konnte er den Tieren nicht länger durchgehen lassen, egal wie sie in den Schuppen gelangten. Er nahm den Eimer, stellte ihn vor die Tür und deckte ihn mit einer Steinplatte ab. Jetzt würde der Spuk bestimmt vorbei sein!

Ein paar Tage später holte er seine Gummistiefel aus dem Schuppen. Bevor er sie anzog, drehte er sie wie gewohnt auf den Kopf und schüttelte sie aus. Wie immer erwartete Johann etwas Sand und kleine Steinchen, die herausrieselten. Bereits beim Anheben des rechten Stiefels vernahm er diesmal jedoch ein Geräusch wie von einer kleinen, rollenden Kugel. Im Halbdunkel des Schuppens fiel etwas auf den Boden und kullerte zwischen seine Füße. Eine Walnuss! Johann lachte herzhaft.

* * *

Seinem Sohn brauchte er so eine Geschichte gar nicht zu erzählen. Der interessierte sich für andere Dinge. Vor allem für seinen Roller. Mit dem fuhr er stundenlang in der Gegend herum, am liebsten mit seinem besten Freund

Willi. Am wenigsten musste Werner sich bei der Raserei um seine Frisur Sorgen machen. Seine langen schwarzen Haare kämmte er nach hinten und festigte sie mit viel Pomade. Dann sah er aus wie Rudolph Valentino zur Stummfilmzeit, meinte zumindest Willi. Allerdings gab es auch aktuellere Vergleiche. Schließlich fuhren sie jedes Wochenende nach Ibbenbüren ins Kino. Die Dialoge der Filme *"Die Brücke am Kwai"* und *"Die Halbstarken"* kannten sie auswendig, denn auch die Wiederholungen zogen Werner und Willi noch magisch an.

„Hast du den Roller eigentlich schon abbezahlt?", wollte Johann beim Abendessen wissen und sah Mimmie auf der anderen Seite des Tisches an. Die schüttelte ganz leicht den Kopf. Solche Gespräche gefielen ihr nicht. Sie ahnte nichts Gutes.

„Schon lange! War auch gar nicht so teuer. War ja gebraucht", antwortete Werner, den Mund halb voll mit Bratkartoffeln.

„Und, läuft er gut?"

„Ja, ganz toll. Keine Probleme!"

„Und jetzt? Was machst du mit deinem Geld?", bohrte Johann weiter.

„Na, so viel ist es nun auch nicht. Ich komme gerade so über die Runden."

„Aber für die Kneipe und das Kino reicht es noch?"

Werner zuckte mit den Achseln und verzog den Mund. „Was hast du denn dagegen? Meine Freunde sind doch auch alle da!", entgegnete er, sah seinen Vater dabei aber nicht an und kaute weiter.

Johann hob seinen rechten Arm mit der Gabel leicht an und winkte ab. „Ach lass!", und ärgerte sich über den Gesprächsverlauf. Mimmie sah vor sich auf den Tisch.

* * *

147

Zu Hause lagen die Filmhefte stapelweise mal auf der Eckbank, dann auf der Kommode oder auf der Fensterbank. Johann ärgerte sich über das seiner Meinung nach nutzlose Zeug und räumte die bunten Nichtsnutze mehrfach in der Woche aus seinem Blickfeld. Da besaßen Werners Schallplatten einen deutlich höheren Stellenwert! Vor allem die Scheiben *"Der lachende Vagabund"* und *"Buona Sera"*, allen voran aber *"Das letzte Hemd hat leider keine Taschen"* hütete Johann wie seinen Augapfel. Wenn Werner den Plattenschrank in seinem Beisein öffnete und den Plattenspieler anstellte, wurden zuerst die Lieblingsscheiben des Vaters aufgelegt. Johann entrückte dann augenblicklich seiner Zeit und erblickte Fred Bertelmann, Ralf Bendix und Hans Albers in ihren Tonstudios, von deren Aussehen und technischen Ausstattungen er allerdings noch nicht einmal eine vage Vorstellung besaß.

* * *

Auf einen Gehstock konnte Werner nicht verzichten. Zumindest noch nicht. Eine große Stahlplatte hatte ihn in seinem letzten Lehrjahr mit komplizierten Bein- und Beckenbrüchen nicht nur ins Krankenhaus befördert, sondern auch zum Hilfsarbeiter gemacht. So fiel ihm das Gehen ohne Stütze nach den ersten Operationen immer noch schwer. Allerdings ließen die Wochen im Anschluss an die letzte Operation eine deutliche Verbesserung erkennen und er wollte seinem Vater den uralten Stock bald zurückgeben. Den konnte er bei seiner neuen Arbeit als Kassierer auf der Busstrecke zwischen Ibbenbüren und Osnabrück sowieso nicht einsetzen.

Die Fahrgäste mochten Werner, viele von ihnen kannte er. Sie schätzen an ihm seine angenehme Freundlichkeit und sein beständiges Lächeln. Die älteren Fahrgäste freuten sich zudem darüber, dass es noch einen jungen Mann gab, der fließend mit ihnen Plattdeutsch reden konnte.

* * *

Johann fuhr selten mit dem Bus. Dann und wann mal nach Ibbenbüren, um mit Mimmie ihre Freundinnen aus der Schulzeit zu besuchen. Seine Zeit verbrachte er eigentlich am liebsten zu Hause. Hier herrschte Ruhe und er musste sich nicht das überhebliche Geschwätz der Ehemänner anhören, die durch den Verkauf von Bauland zu Geld gekommen waren. Vor allem Ernas Mann konnte Johann nicht ausstehen. Der brüstete sich immer wieder damit, nach dem Absturz eines amerikanischen Bombers kurz vor Kriegsende zusammen mit seinen Freunden den einzigen Überlebenden des Absturzes erschlagen und verscharrt zu haben. Johann hatte den Mord damals der Landwacht gemeldet und den Mann mit der weißen Armbinde, auf dem das Wort *"Landwacht"* gedruckt war, aufgefordert, das Verbrechen zu untersuchen. Allerdings erhielt er eine Abfuhr mit dem Hinweis, dass man jetzt, während des Endkampfes, wichtigere Dinge zu tun habe, als sich um einen feindlichen Soldaten zu kümmern. Johann musste sich damit zufriedengeben, zumal er noch nicht einmal die Stelle kannte, an der die Meuchelmörder den Mann verscharrt hatten. Er bekam plötzlich Angst davor, von dem Mann der Landwacht gemeldet und dann zum 'Volkssturm' geschickt zu werden, wenn er weitere

Forderungen stellen würde. So viel war der Tote ihm dann doch nicht wert.

Ja, sein Leben hielt einiges für ihn bereit! Er sprach jedoch nur sehr selten darüber. Mit wem auch? Mimmie wusste alles und Werner war kaum zu Hause. Freunde besaß Johann nicht. Seine Verwandtschaft lebte weit weg im Saarland oder war im Bergwerk umgekommen.

Aber dann hatte er vor kurzem seine neue Friseurin kennengelernt, eine quicklebendige junge Frau, als er sich zu seinem 50. Geburtstag die Haare im *"Salon Else"* schneiden lassen wollte. Oder besser gesagt, schneiden lassen musste, weil Mimmie den ungezügelten Wuchs seiner Locken nicht hinnehmen wollte.

Johann machte es nichts aus, dass eine Frau ihm seine Haare schneiden sollte, weil im Herrensalon gerade Hochbetrieb herrschte. Sie kam mit der ausgestreckten Hand auf ihn zu, der Frisierumhang lag auf dem Unterarm, in der anderen Hand hielt sie einen kleinen Korb mit Scheren und Kämmen.

„Guten Morgen. Ich bin Clärchen", stellte sie sich vor.

Völlig überrascht gab Johann ihr seine Hand. Er blieb stumm. Was hatte er erwartet? Auf jeden Fall nicht so eine junge Frau!

Clärchen wies auf den Friseurstuhl am Fenster und sagte: „Nehmen Sie doch bitte Platz."

Er drückte seine filterlose, nur halb gerauchte Zigarette im Ascher auf dem Fensterbrett aus, setzte sich hin und ließ sich von ihr die Halskrause und den Umhang anlegen.

„Alles etwas kürzer?", fragte die Friseurin.

Mehr als ein „Ja!" bekam er nicht heraus. Was machte ihn so wortkarg? Lag es an ihrem Alter? Sie musste um die dreißig Jahre alt sein. Oder an ihrem glatten, etwas vollen Gesicht mit der leicht spitzen Nase und den harmonischen Kummerfalten?

Clärchen begann mit dem Schnitt und erzählte auch sofort munter drauf los. Dass sie froh sei, diese Stelle bekommen zu haben, weil sie aus Osnabrück heraus aufs Land gewollt habe. Wie schön es hier sei unter all den netten Kollegen und Kunden. Er hörte ihr gespannt zu und betrachtete sie interessiert im Spiegel. Sie umkreiste ihn mit ihrer großartigen Figur unter dem hellblau gemusterten Kittel, auf dessen Brusttasche der Schriftzug des Salons gestickt war, und ließ ihn unablässig ihre melodische Stimme hören. Johann betrachtete ihr handwerkliches Geschick im Spiegel. Sie verstand es, mit Schere und Kamm umzugehen. Gebannt schaute er ihr zu. Schnell fing sie an, ihn zu faszinieren.

Die fünfzehn Minuten im Friseurstuhl vergingen für Johann so schnell wie eine Fahrt in einem Förderkorb auf die unterste Sohle der Grube und deshalb überraschte sie ihn völlig mit dem Anblick seines Hinterkopfes im Spiegel.

„Ist das so in Ordnung?", fragte Clärchen.

„Ja, das sieht gut aus, danke." Offensichtlich funktionierten seine Stimmbänder wieder.

Sie befreite ihn aus dem Umhang und der für Johann deutlich zu warmen Halskrause, säuberte seine Nackenpartie mit einem weichen Pinsel und verabschiedete sich von ihm. Johann bezahlte den Schnitt im Vorraum bei Else und humpelte die gut zwei Kilometer den Schafberg hoch zurück nach Hause. Unterwegs dachte er nur an die junge, sympathische Frau und ihren freundlichen Plauderton. Es überraschte ihn deshalb nicht, dass er sich bereits wenige Wochen nach seinem Geburtstag schon wieder von ihr die Haare schneiden ließ, obwohl der Zuwachs sehr überschaubar war, genauso wie seine finanzielle Situation, die einen zweiten Besuch in diesem Halbjahr eigentlich gar nicht zuließ. Er bat im Salon darum, von Clärchen bedient zu werden. Die freute sich über sein Kommen und diesmal entwickelte sich ein richtiges Gespräch zwischen ihnen. Allerdings nur ein recht kurzes, weil sie schnell mit dem Schneiden fertig war.

Er bekam das Gefühl, sich mit ihr gut unterhalten zu können, viel besser als mit den neureichen Fatzkes und Mördern aus Ibbenbüren. Clärchen konnte, entgegen seiner Erwartung, auch wunderbar zuhören. Johann hielt das für eine gute und wichtige Eigenschaft, vor allem im Friseurhandwerk! Nach seinem Besuch fragte er sich, warum er einer jungen, fremden Frau so viel aus seinem Leben und von seiner Familie aus dem Saarland 'ausschwätzen' konnte. Das lag bestimmt an seiner Geschichte über die Walnussdiebe, die er zu Anfang erzählt hatte und die dazu führte, dass ihr leises, helles Lachen nicht enden wollte.

„Du bist ja schon wieder hier, Johann! Ich freue mich zwar, dass du jetzt häufiger zu uns kommst, aber sind die Abstände nicht etwas kurz? Warum soll Clärchen dich immer bedienen? Mein Mitarbeiter im Herrensalon versteht auch sein Handwerk!" Else wollte Johann zur Rede stellen, schließlich kannten sie sich seit der Eröffnung ihres Salons und Else konnte mit ihm ein offenes Wort reden.

„Deine neue Kraft schneidet so gut, ich möchte wohl bei ihr bleiben. Eine gute Frisur gefällt Mimmie halt", antwortete Johann. Else schmunzelte.

Clärchen freute sich, dass der ältere Herr wieder vor ihr im Stuhl saß. Sie mochte ihn. Seine dichten, leicht gewellten, grauen Haare passten sehr gut zu seinem Gesicht, das den Eindruck einer nicht fertiggestellten Skulptur erweckte. Seine tiefliegenden Augen und die stark ausgeprägten Kummerfalten fügten sich perfekt ein. Er machte einen verhärmten Eindruck auf Clärchen. Andererseits glaubte sie die Kämpfernatur in ihm zu spüren. Er verströmte Energie, Zuversicht und

Optimismus. Clärchen fand ihn sehr sympathisch. So einen Mann wünschte sie sich! Natürlich jünger!

„Und, was machen Sie heute noch?", fragte Clärchen, nachdem die ersten Haarspitzen ihrer Schere zum Opfer gefallen waren.

„Ich habe noch einiges im Garten zu tun. Meine Frau möchte die Fliederbüsche zurückgeschnitten haben, die sind ihr zu groß geworden", antwortete Johann.

„Oh, Flieder! Welche Farbe hat der?"

„Lila. Alle drei blühen in einem hellen Lila. Wir mögen diese Farbe am liebsten. Meine Frau und Werner meinen, dass Fliederbüsche in dieser Farbe am stärksten duften."

„Darf ich fragen, wer Werner ist?"

„Das ist mein Sohn. Den kennen Sie bestimmt. Sie sind doch schon mal mit dem Bus nach Osnabrück oder Ibbenbüren gefahren? Auf der Strecke kassiert er."

„Ja, den kenne ich. Da haben Sie aber einen netten Sohn!"

Johann konnte nichts darauf erwidern, weil Clärchen ihm mit dem Pinsel die auf sein Gesicht gelandeten Haare zur Seite wedelte, in einem Schwung den schwarzen Umhang zur Seite flattern ließ und er wie von Zauberhand seinen Hinterkopf im Spiegel sah.

„Ist es so recht?", wollte Clärchen wissen.

Ja, seine Haare gefielen ihm. Johann mochte allerdings nicht mehr groß reden. Das Gespräch über seinen Sohn gefiel ihm gar nicht. Die Fahrgäste mochten Werner, das wusste er und darüber freute Johann sich auch. Allerdings missfielen ihm die Freizeitaktivitäten seines Sohnes. In seinen Augen waren die Kinobesuche und das Roller fahren sinnlose Betätigungen. Und Werners Kneipengänge gefielen ihm schon gar nicht.

Verdrossen und vor sich hin grollend humpelte er den Schafberg hoch.

* * *

Klar kannte Clärchen Werner, den jugendlich wirkenden Kassierer mit der tiefen Traurigkeit in den braunen Augen. Seine gepflegte Erscheinung war ihr bereits mehrfach bei ihren Fahrten nach 'Handarpe' aufgefallen. Sein Lächeln! Leider erschien er zunächst auch etwas zurückhaltend und reserviert. Dieser Eindruck verflüchtige sich jedoch mit dem Öffnen der Tür an der Haltestelle zusammen mit den Rauchschwaden der Zigaretten und Zigarren in den warmen 'Handarper' Septemberhimmel. Der einfache Kassierer zeigte perfekte Manieren, als er ihren großen, schweren Koffer mit der Bettwäsche und ihrer Kleidung für die erste Arbeitswoche im neuen Friseursalon griff. Offensichtlich von dessen Gewicht überrascht, verzog er lächelnd das Gesicht und beförderte ihn dann in einem großen Schwung behutsam nach draußen neben das Haltestellenschild auf die Teerfläche. Clärchen fühlte sich geschmeichelt, bedankte sich und verließ langsamen Schrittes, sich ihres guten Aussehens in dem weiten Rock und der luftigen Bluse bewusst, Stufe für Stufe, den Bus. Neben ihr stieg der Kassierer wieder ein. Sie bewunderte seine vor Pomade glänzenden, schwarzen Haare und roch einen kurzen Moment lang sein Rasierwasser. Clärchen freute sich schon auf die Rückfahrt! Vielleicht kam er auch mal in Elses Friseursalon …

Sie traf Werner erneut am darauffolgenden Wochenende beim Bezahlen im Bus. Glänzende, schwarze Haare. Wieder gut gekleidet, mit einem Jackett über dem bis zum Hals zugeknöpften, akkurat gebügelten Hemd. Clärchen freute sich. Sie würde in Zukunft häufiger mit dem Bus fahren, meistens an den Wochenenden. Mit ihren zwei Kindern.

* * *

Werners Gesichtsausdruck spiegelte seine große Überraschung wider, als er Clärchen das erste Mal mit ihren Kindern im Bus antraf. Klar, in seiner Stammkneipe sprach man schon von der neuen, gutaussehenden Friseurin mit den zwei Kindern. Aber jetzt waren sie alle in seinem Bus. Er grüßte höflich, beobachtet von den anderen Fahrgästen. Werner musste ihr eine Fahrkarte verkaufen. Bevor er etwas sagen konnte, reichte Clärchen ihm ein Zwei-Mark-Stück. Werner nahm die Münze, warf sie in die Holzkassette, die er wie einen Bauchladen um den Hals hängen hatte, schob laut hörbar, auch für die Fahrgäste auf der letzten Sitzbank, das Kleingeld hin und her und reichte Clärchen schließlich eine Anzahl Münzen zusammen mit dem Fahrschein in die ausgestreckte Hand.

„Bitte sehr." Dabei lächelte er und zwinkerte ihr zu.

„Danke", sagte Clärchen, schaute auf die Münzen in ihrer Hand und verstand nicht sofort: er hatte ihr die zwei Mark in kleineren Münzen zurückgegeben. Sie fuhr umsonst! Clärchen schaute auf, ihr Mund wollte ein „Das passt ja nicht" formen. Aber Werner stand bereits mit dem Rücken zu ihr auf der anderen Seite des Gangs.

Clärchen verbrachte die Wochenenden mit ihren Kleinen in Dodesheide bei ihrer Mutter. Häufig ließ sie ihre Kinder dann ein paar Tage länger in Osnabrück, manchmal auch eine ganze Woche. Sie blieben gerne bei ihrer Oma und bei Clärchens kleiner Schwester. Obwohl 'kleine Schwester' nicht mehr ganz treffend war. Auch sie arbeitete als Friseurin und es würde bestimmt nicht mehr lange auf sich warten lassen, bis sie ihren Freund, einen Konditor, zu Hause vorstellte.

Clärchen lebte weiterhin alleine. Der Vater ihres ersten Sohnes war einfach verschwunden, vor seiner Verantwortung geflohen. Vielleicht irgendwo auf Montage. Egal, den wollte sie auf keinen Fall wiedersehen! Den anderen allerdings auch nicht. Anton war fortgelaufen! Oder besser: er hatte sich nach Amerika abgesetzt. Clärchen vermutete, dass Anton vor allem wegen seiner Mutter das Weite gesucht hatte. Aber damit auch sie, ihren Peter und seine eigene Tochter Barbara im Stich ließ. Es war ihr egal, wo Walter oder Anton sich aufhielten. Dass sie von beiden Männern kein Geld bekam, war ihr jedoch nicht egal. Denn deswegen musste Clärchen viel arbeiten. Das entsprach nicht ihrer Lebensplanung. Ihr Leben als junge Mutter sollte ganz anders verlaufen! Clärchen fiel es schwer, die Unterstützung ihrer Mutter mit Lebensmitteln und übriggebliebenen Speisen aus der Küche ihres Gasthofes anzunehmen. Aber es ging nicht anders.

„Ich freue mich über deine neue Anstellung. Hoffentlich kommst du dort besser zurecht als in Melle! Wo sagst du, ist das?", fragte Emma nach dem ersten Schluck Kaffee ihre Tochter.

„In 'Handarpe'. Eine kleine Ortschaft ein paar Haltstellen hinter Lotte", antwortete Clärchen.

„Warum denn wieder so weit außerhalb? Kannst du denn da auch wohnen?", wollte Emma noch wissen.

„Ich muss mal sehen. Da auf dem Land gibt es sicherlich etwas. Und ich möchte heraus aus der Stadt! Hier ist alles zu eng für mich!", erwiderte Clärchen und stocherte in ihrem Stück Streuselkuchen herum.

Eine Anstellung in Osnabrück kam für Clärchen nicht in Frage. Das wäre ihr zu wenig Abstand gewesen. Sie wollte hinaus aufs Land. Die Stadt und ihre Männer gaben ihr schon lange nichts mehr. Es reichte ihr! Auch die vielen Alpträume. Sie wollte erst wieder in der Stadt wohnen, wenn die schlafraubenden Träume sich verabschiedeten und ihre nächtlichen Schreie und das unbewusste Sprechen im Schlaf die Kinder nicht mehr aufschrecken ließ. Und auch das Gefühl, sich mit zwei unehelichen Kindern verstecken zu müssen, sollte sich erst verflüchtigen.

Unerwartet schnell hatte sie mit tatkräftiger Unterstützung ihres ehemaligen Ausbildungsbetriebs einen Salon in der Nähe von Ibbenbüren gefunden, der eine Friseurin suchte. Clärchen fuhr mit dem Bus Richtung Ibbenbüren und war froh, an der Haltestelle *"Dölemeyer"* in 'Handarpe' endlich aus dem Anhänger des Busses fliehen zu können, den die heiße Augustsonne schnell in eine Supernova mit einem Kern aus Zigarettenrauch verwandelt hatte. Zu ihrer Verwunderung ließ sich kein Kassierer blicken. Schwarzfahren entsprach zwar nicht ihren Wertvorstellungen, aber sie konnte das eingesparte Geld gut gebrauchen.

Clärchen kam von der Bushaltestelle die leicht ansteigende Straße auf das große Backsteinhaus zu, in dem sich der Friseursalon befand. Sie ging durch das offenstehende Törchen in dem niedrigen Jägerzaun, bückte sich, um das Tor zu verschließen und ging die drei Stufen herunter. Sie wollte geradeaus zum Eingang des Salons gehen, als sie eine untersetzte Frau in einem hellblauen Kittel neben der großen Holzbank im Schatten eines uralten, bereits abgeernteten Kirschbaumes stehen sah. Clärchen zögerte einen Moment lang und dachte an ihre Tante in Lüneburg, die häufig unter ihrem großen Kirschbaum vor dem südlichen Hausgiebel saß und die Umgebung wie ein Wachposten mit versteinertem Blick beobachtete.

„Guten Tag. Sind Sie Fräulein Schmidt?", wollte die Untersetzte wissen und kam langsam auf Clärchen zu.

„Ja. Dann sind Sie Frau Meyer?"

„Genau, Else Meyer. Mir gehört der Salon. Ich habe den Bus kommen sehen und auf Sie gewartet", erklärte sie, ging die letzten zwei Schritte auf Clärchen zu und streckte ihre Hand aus. „Herzlich willkommen in Handarpe."

Clärchen schüttelte die kräftige Hand. „Ich freue mich, dass ich bei Ihnen arbeiten kann. Über meinen Lohn und die Arbeitszeiten haben wir uns ja bereits unterhalten. Oder hat sich noch etwas geändert?"

„Nein, ich habe nur noch eine Frage: kommen Sie auch im Herrensalon zurecht?"

„Ja, sehr gut sogar. In Melle war ich überwiegend im Herrensalon tätig."

„Schön, dann haben wir wohl alles besprochen", sagte Else, drehte sich schwerfällig um und machte den ersten behäbigen Schritt auf den Eingang zu. „Dann gehen wir mal rein und ich stelle dir ...", Else machte eine kleine Pause, blieb stehen und sah Clärchen an, ... „Ich darf doch Clärchen sagen? Wir duzen uns hier auf dem Land alle! Einverstanden?"

„Ja, gerne", antwortete Clärchen. Sie war überrascht über die sympathische Begrüßung. „Ich freue mich auf meine neuen Kollegen!"

* * *

Zwei Wochen später schloss sie sich auch der Hausgemeinschaft an. Das große, alte Haus verfügte nämlich im Obergeschoß über eine kleine, sehr einfach ausgebaute Wohnung. Die steile Holztreppe dorthin verkündete mit jeder Stufe ihren Unwillen, schon wieder tragende Dienste verrichten zu müssen. Clärchen fand es ausgesprochen nett, dass Else ihr die Wohnung bei ihrem ersten Treffen gezeigt hatte, war allerdings erschrocken über den niedrigen Standard.

„Du kannst die Wohnung mieten, sie ist nicht teuer", sagte Else bei ihrem Rundgang zu Clärchen, als diese sich erkundigte, wo sie denn demnächst mit ihren Kindern in der Nähe wohnen könne.

„Wir haben die Räume gerade erst ausgebaut."

„Es gibt nur wenige Fenster. In der Küche ist nur ein kleines Dachfenster. Und wo ist die Toilette?", wollte Clärchen wissen.

„Die sehen wir uns gleich unten an, zusammen mit dem Badezimmer", antwortete Else.

Leider kam die Wohnung für sie nicht in Frage. Sie war viel zu dunkel, verfügte fast ausschließlich über künstliches Licht. Ein schwerer dunkler Vorhang trennte den Flur vom Abstellraum. Die Möblierung bestand aus einem Sammelsurium an ausrangierten Stücken. Vollständig zwar, aber abgegriffen und farblos. Und das alles direkt unter dem Dachstuhl! Der würde bei einem Blitzeinschlag als erstes brennen. Sie sah sich bereits Taschen packen, die im Notfall schnell ins Freie getragen werden konnten. Dann das Bad. Eine Etage tiefer! Nein! Das Angebot konnte sie nicht annehmen. Das war unter ihrer Würde!

Ihre strikte Ablehnung überdachte Clärchen jedoch auf der Rückfahrt nach Osnabrück, und als sie an der Haltestelle 'Hasetor' ausstieg, verblasste ihr klares Nein für die kleine möblierte Wohnung und erschien ihr löchrig wie ein Schweizer Käse. Vor allem die niedrige Miete, die Tatsache, dass die Kinder ganz nah bei ihr sein konnten und Else ihr in Aussicht gestellt hatte, dass ihre Tochter die Kleinen während der Arbeitszeit betreuen könnte, formten ein annehmbares Ganzes. Zudem sollte es in ihrer Vorstellung nur ein kurzer Aufenthalt werden.

* * *

Clärchen traf Johann in der Osterwoche wieder. Sie ging in ihrer Mittagspause schnell zu *"Plönzkes Laden"*. Sie wollte ihren Kindern zu Ostern Schokoladenpudding kochen. Da erblickte sie Johann zusammen mit seinem Sohn an der Kasse. Ihr fiel sofort auf, dass ein Besuch bei ihr überfällig war, denn seine Locken wucherten wieder wild auf seinem Kopf. Zudem war ihm heute Morgen offensichtlich sein Kamm abhandengekommen. Werner sah Clärchen aufmerksam an und lächelte.

„Ach, sieh an, der Kassierer!", ging es ihr durch den Kopf.

Als Johann sie bemerkte, nickte er zu ihr herüber. Sie freute sich, dass er sie gesehen hatte und grüßte mit erhobener Hand zurück.

„Guten Tag, Fräulein Clärchen." Er stand rauchend auf dem Vorplatz und wartete auf sie, mit beiden Händen auf seinen Stock gestützt. Werner stand neben ihm, hielt eine in braunem Papier eingewickelte Flasche unter seinem rechten Arm und grüßte mit der linken zu ihr herüber.

„Guten Tag. Wie geht es Ihnen?", wollte Clärchen wissen.

„Gut so weit. Kommen Sie heute Abend auch in den Hof? Else gibt einen aus auf ihren Geburtstag."

„Mal sehen, ich habe noch viel zu tun! Und ich habe niemanden, der auf meine Kinder aufpasst", wich sie aus, „aber jetzt muss ich auch schnell zurück, meine Pause ist gleich um! Auf Wiedersehen."

Clärchen wusste von Elses Geburtstag, wollte die Einladung ihrer Chefin aber nicht wahrnehmen. Sie würde sich unter all den Bauern und Arbeitern mit dem ungehobelten Benehmen bestimmt nicht wohlfühlen. Aber nun bestand die Aussicht, sich nach all den Wochen wieder mit Johann zu unterhalten. Sie fühlte sich in Johanns Nähe sehr wohl, fast schon geborgen, er strahlte für sie eine große Portion Kraft aus. Obendrein kam noch die Aussicht, seinen Sohn Werner näher kennenzulernen. Warum also nicht! Vielleicht konnte Elses Tochter ausnahmsweise auch mal am Abend auf ihre Kleinen aufpassen?!

Ein paar Stunden später trank sie ihr erstes Bier aus der Flasche, dazu einen Korn, war schnell mit allen per du und von der lockeren Stimmung hellauf begeistert. Vor allem erfreute sie sich an der Aufmerksamkeit, die ihr die Männer entgegenbrachten. Und auch über Johanns Gegenwart erfreute sie sich, vor allem aber auch über Werners.

Für den war Clärchen wie der stärkste Magnet zwischen Osnabrück und Ibbenbüren, stärker noch als die Anziehungskraft seiner Stammkneipe. Aber auch bei den Männern in der Nachbarschaft hatte sie einen nachhaltigen Eindruck hinterlassen. So eine junge, lebensbejahende, hübsche und modisch gekleidete Frau war noch nie in ihrer Nähe gewesen. Dass Clärchen auch noch selbstbewusst war, ihr leicht erhobenes Haupt einen kleinen Dünkel erkennen ließ, ihr zwei uneheliche Kinder am Rockzipfel hingen und was man sonst noch so alles in der Nachbarschaft und ihrem Stammlokal hörte, verdrängten die Männer, genauso wie die unglaublichen Geschichten über die junge Friseurin aus den Kaffeekränzchen ihrer meist etwas dickleibigen Frauen.

* * *

„Dein Apfelkuchen ist dir wieder mal hervorragend gelungen! Darf ich noch etwas Sahne haben, Waltraut?" Elisabeth deutete mit dem ausgestreckten Arm auf das kleine Glasschälchen auf der anderen Tischseite.

161

Waltraut reichte ihr die Sahne und fragte in die Runde: „Hat eine von euch die Neue bei Else schon mal gesehen?"

Gisela schüttelte den Kopf. „Nein, aber wie kommt Else überhaupt dazu, so jemanden einzustellen? Beide Kinder sollen unehelich sein, hat Gerda erzählt! Die muss es ja wissen, ihr Mann ist schließlich der Schulhausmeister nebenan. Was sagt denn eigentlich Elses Mann, Benno, dazu? Hat der gar nichts mehr zu sagen?", fragte sie in die Runde.

„Du hast recht, so etwas passt hier doch gar nicht rein. Ihr werdet sehen, die bringt alles durcheinander!", behauptete Gerda.

„Woher kommt sie überhaupt?", wollte Elisabeth von ihren Freundinnen wissen.

„Aus Osnabrück", wusste Gisela.

Mechthild sah Gisela an und sagte: „Beckers Erna hat gesagt, dass sie am liebsten im Herrensalon arbeitet."

„Das kann ja noch was werden!", rief Waltraud, „die bringt nur Unruhe herein. Ich werde mit meinem Hans mal ein ernstes Wort reden!" Dabei zog sie die Augenbrauen hoch und nickte zur Bestätigung ihrer Worte. „Wer möchte noch Kaffee?"

* * *

Für Werner lösten sich all diese Geschichten und Vorbehalte in Luft auf. Er traf sich immer häufiger mit Clärchen im Hof. Sie saßen dann zumeist auf der Holzbank am Schuppen, während Peter im Sandkasten spielte oder mit Barbara auf der Wiese unter den Obstbäumen herumlief. Werner wirkte auf Clärchen häufig etwas abwesend und tauchte zumeist erst nach der zweiten Flasche Export aus seiner Gedankenwelt auf.

162

Dann lachte er viel und erzählte von seinem Tag als Kassierer und Fahrkartenkontrolleur.

Im Frühsommer fiel die Entscheidung. Irgendwie, ohne viele Worte. Werner zog bei ihr und den Kindern ein. Zweifel meldeten sich bei Clärchen nicht. Ihre Mutter warnte sie vor einem neuerlichen Abenteuer, war insgeheim allerdings etwas erleichtert, ihre Tochter nicht mehr unterstützen zu müssen. Emma ersehnte sich für Clärchen stillschweigend alles Gute. Sie wünschte sich endlich den Richtigen für ihre Älteste.

Daran glaubte Clärchen ganz fest. Mit Sicherheit sollte es diesmal eine Beziehung auf Augenhöhe sein. Mit leichten Vorteilen für sie, denn immerhin besaß sie über sieben Jahre mehr Lebenserfahrung als Werner. Jedenfalls stolperte sie nicht schon wieder blauäugig in die nächste Beziehung wie in ein überhastet durchgeführtes Experiment. Das wollte sie nie wieder – aber mit Werner würde das auch nicht passieren. Ihre Selbstsicherheit entfaltete sich unaufhörlich, wobei sie sich nicht nur ebenbürtig, sondern sogar ein klein wenig überlegen fühlte.

Dabei verliebte sie sich jeden Tag aufs Neue in seine traurigen braunen Augen und seine hilfsbereite, ehrliche Art. Dazu kam sein herzerfrischendes Lachen. Da spielte es für sie keine Rolle, dass er leicht humpelte und seine Hemden über dem Gürtel etwas stramm saßen. Werners eingeschränkte Essgewohnheiten störten Clärchen da schon mehr. Bratkartoffeln mit Speck im Wechsel mit geräuchertem Schinken, dazu eine bis drei Flaschen Bier. Zum Herbst hin dann Sauerkrauteintopf oder Steckrüben. An Aal, Schellfisch, Spargel, Erdbeeren oder knuspriges Eisbein verschwendete er weder einen Gedanken noch Geld.

An ihren Kindern störte sich Werner offensichtlich nicht, allerdings bekam er sie auch kaum zu Gesicht. Wenn er morgens zur Arbeit fuhr, schliefen sie noch.

Abends, wenn er nach Zigarren- und Zigarettenqualm stinkend und angetrunken aus seinem Stammlokal *"Zum braunen Jäger"* nach Hause kam, lagen sie bereits wieder im Bett. Das hatte Clärchen sich ganz anders vorgestellt! Jetzt musste sie feststellen, dass Werner lieber in seinem Stammlokal wohnte als bei ihr und den Kindern. Werner schien nur so vor sich hinzuleben und sein Leben entgleisen zu lassen. Wie konnte sie eine Änderung herbeiführen?

In seiner freien Zeit saß Werner oft neben dem Plattenspielerschrank in dem abgenutzten Ohrensessel, der wegen der zusammengedrückten Federn bei jeder Bewegung knackte – ein Mitbringsel aus einem anderen Leben, das nur darauf wartete, möglichst schnell zum Sperrmüll gebracht zu werden. Bevor er in dem Sessel versank, bugsierte Werner den Tonarm auf eine Schallplatte, legte den Kopf an die speckige Kopflehne, die mit einem Spitzentuch bedeckt war, und hörte einen Moment zu, bevor er mit offenem Mund einschlief und Clärchen mit ihren Sorgen allein ließ. Schnell wurde ihr also klar, dass es keine gute Idee gewesen war, dem Plattenspielerschrank Zugang zu ihrer engen Wohnung zu gewähren. Schöner wäre es gewesen, wenn Werner ein Sofa und einen Couchtisch und dazu eine Vitrine und eine Stehleuchte mitgebracht hätte. Denn einige der gemieteten Möbelstücke gefielen Clärchen von Anfang an ganz und gar nicht und sie hätte sie gerne ersetzt. Diese Drohung traf mit Werners Einzug jedoch nur das wackelige kleine Fernsehschränkchen in all seiner Härte: der Plattenspielerschrank nahm seinen Platz ein.

Die Kinder schliefen und Clärchen war mit der Hausarbeit fertig. Werner trank eine weitere Flasche Export in seinem Ohrensessel und hörte andächtig einer Schallplatte zu. Ronnys tiefe Stimme sang von einem Pferdehalfter an der Wand. Clärchen setzte sich auf das Sofa.

„Findest du nicht auch, dass wir ein paar neue Möbelstücke gebrauchen könnten?"

„Warum?", wollte Werner wissen und sah sie mit bierschweren Lidern an.

„Du musst dir nur deinen Sessel ansehen und die Möbel hier im Wohnzimmer! Die müssen mal getauscht werden!"

„Und wer soll das bezahlen?"

„Du musst nur weniger in deine Kneipe gehen!"

Werner sah sie mit halboffenen Augen an und nahm einen großen Schluck aus der Bierflasche. Dann stellte er die Flasche auf dem Wohnzimmertisch ab, lehnte sich zum Plattenschrank herunter und legte eine neue Schallplatte auf. Es war fast so, als habe ihr kleines Gespräch nicht stattgefunden.

* * *

So oft Clärchen nur konnte, besuchte sie Johann und Mimmie. Ein beschwerliches Unterfangen, denn während Werner mit dem Roller fuhr, mit ihrem Ältesten auf dem Fußbrett zwischen seinen Armen, durfte sie den Kinderwagen mit der Kleinen den Schafberg hochschieben. Zur Blütezeit des Flieders lohnte sich die Anstrengung, wurde Clärchen doch durch den schweren, fast schon betörenden Duft des Flieders fürstlich entlohnt. Danach saß sie wie berauscht auf einem abgenutzten Küchenstuhl unter den Büschen und sah Mimmie zu, wie sie mit Peter und Barbara im Garten spielte. Sie genoss diese Jahreszeit. Vor allem die Gegenwart von Johann, der rauchend auf der Bank neben ihrem biertrinkenden Werner saß. Sorgen nahm sie in solchen Momenten nur am äußeren Rand ihres Bewusstseins wahr.

Clärchen stand auf, schlenderte langsam zum Haus und saugte dabei alle Düfte des frühlingshaften Gartens auf. Sie setzte sich neben Johann, schlug ihre Beine übereinander und sah in den Garten.

„Ach, ist das schön! Frühling!", schwärmte Clärchen, ihren Blick auf den Flieder gerichtet, als könne sie ihn hier noch riechen.

„Ja, dann geht die Gartenarbeit bald wieder richtig los.

Und ich muss noch ein Stück umgraben!", antwortete Johann. Langsam drehte er den Kopf zu Werner und meinte: „Das könntest du diesmal machen, Werner. Was hältst du davon?" Der setzte die Flasche Bier ab, wischte sich mit dem Handrücken über den Mund und zuckte nur mit den Schultern. Johann reagierte mit einer wegwerfenden Handbewegung.

„Aber Gartenarbeit ist doch etwas Schönes! Und es dauert nicht lange, bis alles grünt und blüht!", warf Clärchen ein.

„Bis dahin muss ich aber noch viel gießen. Das ist ganz schön viel Arbeit. Und vergiss nicht das Unkraut!"

„Was du immer hast", sagte Clärchen, stand auf und ging zurück in den Garten.

Werner zeigte keine Empfindungen! Für Johann stellte der Wetterwechsel in den Gruben die einzig wichtige Zeit in seinem Leben dar. Die schönste Jahreszeit, und die emotionalste. Einmal Bergmann, immer Bergmann! Für sein Verständnis änderte sich auch nicht die Jahreszeit, sondern die Wetterrichtung. Basta! Sollte Clärchen von ihm denken, was sie wollte. Die sollte sich lieber Gedanken darüber machen, wann sie seine richtige Schwiegertochter werden wollte. Mimmie lag ihm ständig in den Ohren. Wollte, dass er mit Werner und Clärchen sprach und sie bedrängte zu heiraten, damit das Gerede in der Nachbarschaft ein Ende hatte.

Auch Mimmie sprach vorsichtig mit Clärchen über Werner und ihre 'wilde Ehe'. Zaghaft, ganz die unterwürfige Frau. Neuerdings redete sie mit Clärchen, wenn sie zusammen den Tisch für das Abendessen deckten. Viel aufzutragen gab es allerdings nicht, nur die Gabeln oder die großen Löffel für einen dicken Eintopf. Jedoch blieb es meist bei kurzen Gesprächen, ein paar Sätzen ohne Tiefgang, denn es gab keine Teller.

Das erste gemeinsame Essen hielt für Clärchen demnach einen Kulturschock bereit. Zusammen saßen sie an dem durch die Sonnenstrahlen stark nachgedunkelten, schmalen, durchhängenden Kieferntisch mit der Patina aus Fett, Wasserrändern und Milchspritzern. In der Mitte stand eine große Bratpfanne, die auf dem leidgeprüften Tisch in Ermangelung eines Untersetzers ein weiteres Brandzeichen erzeugte. Johann, Mimmie und Werner nahmen ihre Gabeln und bedienten sich an den Bratkartoffeln, direkt aus der Pfanne. So etwas hatte Clärchen noch nie gesehen und sie sah Mimmie sprachlos mit geöffnetem Mund an. Die verstand nicht und blickte wiederum Clärchen fragend ins Gesicht.

„Sind alle Teller kaputt?", wollte Clärchen mit hoch erhobener Nase wissen.

„Häh", meinte Johann. Mimmie verzog ihr stark ausgeprägtes Kinn, Werner sah sie verständnislos an. Von seiner Gabel fiel ein Stück Bratkartoffel auf den Tisch neben seinen linken Ellenbogen.

„Wieder mehr Patina!", dachte Clärchen. Und an Mimmie gerichtet: „Ihr könnt doch Teller nehmen!"

„Wozu?", wollte Johann wissen.

„Solche Essmanieren gibts bei mir nicht!", echauffierte sich Clärchen.

Ihre Worte verrieten ihre Abscheu gegenüber diesen Gewohnheiten. Mimmie stand wortlos auf, holte einen Stapel weißer Teller mit Goldrändern aus dem

167

Wohnzimmer und platzierte jeweils einen vor jedem Familienmitglied. Clärchen bekam gleich zwei. Einen für die Kinder. Johann und Werner schoben ihre Teller zur Seite.

* * *

Das wollte Clärchen nicht! Das passte nicht in ihre Lebensplanung. Ein weiteres Kind sollte nicht sein. Aber es stimmte: sie befand sich am Anfang ihrer dritten Schwangerschaft! Wie sollte sie das Werner beibringen? Was würde er sagen? Konnten sie sich beide darüber freuen?

Sie wartete bis zum ersten Advent. Heute sollte er es erfahren. Nicht an irgendeinem Abend nach seinem Besuch in der Wirtschaft. Sie konnte ja nicht ahnen, was sie erwartete. Nach dem Mittagessen saßen sie in der Küche, die Kinder spielten im Wohnzimmer.

„Wir werden Eltern! Der Arzt meint, im Juni ist es so weit." Clärchen schaute Werner ins Gesicht. Der verzog keine Miene, sah sie einfach nur an, ohne eine Regung. Seine braunen Augen glänzten mit den frisch pomadisierten Haaren um die Wette. Lange kam keine Antwort, doch dann ganz plötzlich regte er sich.

„Wie soll das gehen, mit drei Kindern? Dafür habe ich kein Geld!", sagte er leise mit brüchiger Stimme. Clärchen sah Werner mit fragenden Augen an. Sie war sprachlos. Das monatliche Kindergeld von 25 D-Mark waren jetzt kein Argument.

„Eins muss weg!", sagte Werner mit leicht weinerlicher Stimme. Er sah Clärchen an. Seine Augen füllten sich mit Tränen.

„Was?", rief Clärchen. „Du spinnst! Nie gebe ich meine Kinder weg. In fremde Hände! Niemals!" Sie stand abrupt auf, der Küchenstuhl fiel auf seine Lehne. Hektisch lief sie auf und ab, als wolle sie einen Trampelpfad im Linoleum hinterlassen.

„Nein! Nein!", schrie Clärchen. Sie setzte sich wieder, als könnte sie so ihren unvermeidlichen Fall ins Bodenlose verhindern. Ihr Kopf fühlte sich blutleer an. Wo war es hin? Kam so eine Ohnmacht? Ihr fiel nichts mehr ein. Plötzlich nur noch eine totale Leere in ihrem Kopf. Dann kam es noch schlimmer.

„Entweder eins geht oder ich!", sagte Werner mit brüchiger Stimme, stand auf, ging in den Flur, schob den Vorhang zum Abstellbereich zur Seite, nahm sich eine Flasche Bier vom Regal und ging die Treppe hinunter.

* * *

Clärchens Tränen trockneten nicht. Das erste Mal in ihrem Leben stand kein Weihnachtsbaum in ihrem Wohnzimmer. Ihr fehlte die Kraft, auf den Hocker zu steigen und das Lametta säuberlich Band für Band auf die Zweige zu legen. So reichte es nur zu einem spärlich geschmückten Adventskranz. Nie hatte es eine traurigere Vorweihnachtszeit für sie gegeben. Vielleicht doch: 1942, als sie den Brief mit der Nachricht erhielten, dass Günther in russischer Erde vor Stalingrad begraben lag.

Clärchen beugte sich schließlich Werners Forderung. Sie sah ein, dass sein Verdienst für eine solch große Familie einfach nicht ausreichte. Offen zugeben wollte sie es nicht. Barbara wurde zur Adoption freigegeben. Sie musste ihr familiäres Glück woanders finden. Peter, ihr Liebling, sollte bei ihr bleiben und mit seinem neuen Geschwisterchen, Werner und ihr eine glückliche Familie sein. Clärchen kapitulierte und akzeptierte die Bedingungen. Aber sie war fortan verzweifelt, ihre Familie in Osnabrück ratlos.

Werner ertränkte derweil seinen Frust im Exportbier. Oder feierte er einen Erfolg? Zum ersten Mal hatte er sich durchgesetzt. Gegen Clärchen! Ein Pyrrhussieg? Johann und Mimmie zogen sich zurück. Im Zentrum des neuesten Tratsches der Nachbarn fühlten sie sich nicht wohl. Die Treffen auf dem Schafberg fanden nicht mehr statt. Werner würde schon alles regeln. Oder?

* * *

Für Clärchen verliefen die folgenden Monate wie in einer Schockstarre. Sie funktionierte nur noch. Zum Fürsorgeverein. Dann das Vormundschaftsgericht. Beim Kreisjugendamt. Die Adoptionsliste. Der alte Notar. Keine Barbara. Kein Mann. Kein Johann. Keine Familie. Kein richtiges Leben. Ihr neues Kind wartete.

Clärchen suchte sich Trost in der Nähe zu ihrem Ältesten. Werner suchte sie nicht. Sie wusste, dass der mit seinen Freunden in seiner Stammkneipe hockte und die Kindergeldzahlungen vertrank.

Im Frühjahr schlossen sie alle Formalitäten für die Adoption mit den Behörden ab. Clärchen übergab Barbara in die Obhut des Jugendamtes und begann wieder, Tränen zu vergießen. Ihre Tochter: weg. Werner: auch meistens. Der trank jetzt auf Kosten der letzten Lohntüten vor der Einführung des Girokontos. Clärchen stürzte sich in ihre Arbeit, wollte so lange im Friseursalon arbeiten, wie es die Schwangerschaft zuließ. Sie wollte möglichst lange Geld verdienen und ihren Lebenstraum von einer heilen Familie in einem schönen Heim nicht aufgeben. Sie dachte an schönes Porzellan, Polsterstühle, Plattenspieler, Pfefferstreuer, Pfannen. Während Clärchen schweigsam Lockenwickler eindrehte, spielte Peter mit seinen Autos zwischen den Friseurstühlen und auf den Fensterbänken. Immer mit einem leisen 'Brumm, brumm' auf den Lippen.

Sobald Clärchen den Damensalon verließ, geriet sie zum Gesprächsthema Nummer eins. Eine ledige Mutter mit zwei Kindern und in neuer Erwartung! Hier in ihrer Bauerschaft! Das galt es ausgiebig zu besprechen. Von allen Seiten zu beleuchten.

* * *

Ende März hörte sie ihn von der Treppe rufen. Clärchen hatte gerade Mittagspause und stand in der Küche beim Abwasch. Ihr Sohn spielte mit seinen Autos auf dem Küchentisch zwischen dem abgetrockneten Geschirr und dem Besteck. Dicke Regentropfen trommelten auf das Dachfenster.

„Darf ich reinkommen?", rief Johann.

Ihr Johann. Natürlich durfte der reinkommen. Endlich sah sie ihn wieder. Schnell trocknete sie ihre Hände an der rotweiß-karierten Leinenschürze ab und fuhr sich hastig durch ihre Haare.

„Selbstverständlich! Komm rein. Schön, dass du mich mal wieder besuchst!"

„Ich will nicht lange stören. Ich muss noch in die Schmiede, was abholen", keuchte er humpelnd auf den letzten Stufen, eine Zigarette und seinen Gehstock in der linken Hand. Die nasse Kappe hatte er unter den rechten Arm geklemmt. Johann blieb in der Küchentür stehen, schwer auf seinen Stock gestützt, aber trotzdem aufrecht in seinen ungepflegten und ausgetretenen Schuhen. Die Knöpfe seiner nassen Strickjacke waren bis zum Hals geschlossen. Er wirkte wie immer ausgemergelt, mit den Zähnen kaute er auf seiner rechten Wangeninnenseite herum. Er blickte Clärchen entschlossen und energisch ins Gesicht.

171

„Du musst Werner heiraten, und zwar schnell!", brach es aus ihm heraus. Die Zigarette glühte wie eine Lunte. Wie eine Drohung.

Clärchen fehlten die Worte. Sie sah sich um. Der Kleine war in sein Spiel vertieft und ahmte die Motorengeräusche nach. Er bekam nichts mit.

„So kann es mit euch nicht weitergehen!", stieß Johann hervor. Das Gespräch fiel ihm schwer. Für so etwas war ein Bergmann nicht gemacht. Aber schließlich ging es um seine Familie, seinen Sohn, sein Enkelkind. Mit Schwung warf er den Zigarettenstummel ins Spülbecken. Ein leises Zischen im restlichen Spülwasser. Stille. Was blieb, war nur das leichte Brummen der Spielautos und das Trommeln der Regentropfen auf dem Dachfenster.

„Wir fahren zum Standesamt und melden dort alles an!", Johann ließ überhaupt keinen Widerspruch zu. Ganz Familienoberhaupt. Fast schon wie ein Staatsoberhaupt.

Noch immer fehlten Clärchen die Worte. Dieser Johann. Fürsorglich und ein Versteher. Lange schon wartete sie auf diese Entscheidung. Allerdings sollte diese nicht von Johann getroffen werden, sondern von Werner! Sie blickte in Johanns mattgraue Augen. Nach einem kurzen Moment wandte der seinen Blick zu Clärchens Sohn. Sie folgte seinem Blick, und verstand, oder glaubte zu verstehen. Ja, ihre Kinder sollten in einer richtigen Familie aufwachsen!

„Ich überlege es mir", sagte Clärchen unsicher.

„Mit Werner habe ich schon geredet! Alles klar! Tschüss", murmelte er, während er sich umdrehte. Dann blieb er jedoch abrupt stehen, kramte in den großen Taschen seiner Strickweste und holte eine vom vielen Regen nasse Zigarettenschachtel hervor. Umständlich nahm er mit zittrigen Fingern eine erstaunlicherweise noch trockene Filterlose heraus, steckte sie sich zwischen die Lippen, stieß die angelehnte Wohnungstür mit seinem Stock auf und ging.

Clärchen löste sich aus ihrer Lethargie. Sollte sich doch noch alles zum Guten wenden? Wurden ihre Wünsche erhört? War das der Ausweg? Neue Hoffnung keimte auf. Würde doch noch alles gut werden?!

Allerdings begannen sich in ihrem Kopf Bilder zu formen. Sie zeigten den Linienbus nach Osnabrück, wie der samt Hänger durch den Garten auf dem Schafberg fuhr. Aber warum? Es waren jedoch nur unscharfe und verwackelte Bilder, zu vage für Clärchens Bewusstsein. Das war jetzt für schöne Bilder zuständig! Nur für schöne!

* * *

Vor dem Standesamt wartete Werner mit einem kurz gebundenen Strauß Flieder auf sie. Ein attraktiver Mann! In einem dunkelgrauen Anzug, ein Binder mit dünnem Knoten hielt den etwas zu großen Kragen des weißen Hemdes an seinem Hals. Werners braune Augen strahlten, die Pomade glänzte. Auf jeden Fall verriet sein Lächeln mindestens zwei Flaschen Export als Beruhigungsmittel.

Das alles nahm Clärchen wie durch einen zunehmend dichter werdenden, inneren Schleier wahr. Äußerlich wirkte sie mittlerweile gefasst. Die Tränen, die sie aufgrund ihrer fehlenden Tochter vergoss, verschwanden langsam. Ihre Traurigkeit über das Fernbleiben ihrer Familie nicht. Ihre Mutter weigerte sich, Clärchen bei ihrem Start in ein neues Leben zu begleiten. Zu groß war der Schock über die Freigabe ihrer Enkeltochter zur Adoption. Dem Beginn einer nächsten Enttäuschung wollte sie nicht beiwohnen. Für Clärchen fühlte sich das an wie ein Faustschlag in ihren hochschwangeren Bauch! Dass die Trauung an dem Freitag vor dem Muttertag stattfand, ein weiterer.

Vor dem Standesamt warteten ein paar Nachbarn und Werners Freund Willi auf die frisch Vermählten. Clärchen ging neben Werner die breite Sandsteintreppe hinunter, zog ihre Strickjacke zusammen und verschränkte die Arme über ihrem Bauch. Ein frostiger Schauer lief über ihren Oberkörper. An der Außentemperatur konnte es nicht liegen, außerdem war es windstill. Allerdings wurde Clärchen erst jetzt richtig bewusst, dass sie verheiratet war. Zum ersten Mal. Das hatte sie sich alles ganz anders vorgestellt! „Schön, dass es nicht regnet und die Sonne etwas scheint", dachte sie und nahm die Glückwünsche zweier Nachbarinnen entgegen.

„Lasst uns auf das junge Paar anstoßen!", verschaffte sich Willi mit seiner aufdringlich lauten Stimme Gehör und hielt Werner ein gefülltes Schnapsglas hin. Der strahlte augenblicklich so stark, wie Clärchen es schon lange nicht mehr gesehen hatte. Willi ging weiter und schenkte allen ein. „Na, das geht ja gut los", dachte sie. „Hoffentlich dauert der Umtrunk im Garten nicht so lange!"

* * *

Zwei Monate später kam ihr zweiter Junge zur Welt; die Geburt verlief problemlos. Die Gleichgültigkeit und die Schwermut der vergangenen Monate wichen gänzlich ihrem Mutterinstinkt. Sie freute sich über ihren Jürgen! Genauso wie Werner, der sich völlig euphorisch zeigte. Ihr kleines Heim war nun sogar noch besser als sie es sich erträumt hatte, voller Harmonie und Verständnis – wie eine neue Zeitrechnung, eine neue Epoche. Jürgens Epoche!

Werners Gehalt landete jetzt auf dem Girokonto und nicht mehr wie früher direkt aus der Lohntüte in seiner Stammkneipe. Stets eilte er pünktlich nach der letzten

Fahrt des Linienbusses zu seiner Familie. Dann saß er mit Clärchen am Küchentisch, Jürgen auf seinem Arm und sie teilten sich eine Flasche Bier. Ganz andere Zeiten waren angebrochen, vergessen die langen Wochen und Monate der Verzweiflung. Offensichtlich hatte Johanns Einfluss auf Werners Verhalten Früchte getragen. Zum Vergnügen Roller fahren, Kinohefte und Schallplatten kaufen und in der Kneipe hocken, gehörten der Vergangenheit an. Einer längst vergangenen Zeit.

„Sag mal, Werner, in dem neuen Baugebiet hinter der Schule, gibt es da noch freie Grundstücke?", erkundigte sich Clärchen vorsichtig.

„Ich habe nichts gehört! Du glaubst doch nicht etwa, dass wir uns ein eigenes Haus leisten können?"

„Aber wir haben es doch noch nicht einmal ausrechnen lassen!", protestierte Clärchen. So schnell wollte sie nicht aufgeben. „Oder vielleicht gibt es in der Nähe eine modernere und größere Wohnung? Hier können wir nicht länger bleiben! Die Kinder sollen schon in einer besseren Umgebung aufwachsen."

Werner schwieg und betrachtete seine Hände. Und dann, als habe er alles mindestens dreimal hin- und herüberlegt sagte er: „Ich finde es hier eigentlich sehr schön!"

* * *

Die Adventszeit rückte näher und Clärchen musste immer häufiger an ihre zur Adoption freigegebenen Barbara denken. In diesem Jahr würde sie wieder einen Weihnachtsbaum aufstellen und ihn besonders reich schmücken. Mit einer extra Portionen Lametta, nur für Barbara. Als Erinnerung. Ab jetzt würde sie das immer zu Weihnachten machen, für sich und Barbara. Sie hätte es gut in ihrer neuen Familie, schrieb ihr kürzlich das

Jugendamt. Clärchen spürte eine zunehmende Gelassenheit aufkommen; sie fand sich mehr und mehr mit dieser mütterlichen Bruchstelle ab. Begann damit, sich mit ihr selbst auszusöhnen. Ihre Alpträume verflüchtigten sich Nacht für Nacht mehr. Dafür hielten mehr und mehr schöne Dinge in ihren Träumen Einzug.

Manchmal, nur manchmal, wenn sie im Bett lag und ihren Gedanken nachhing, sprang in ihrem Kopf ein klitzekleiner Filmprojektor an und zeigte eine stetig länger werdende Szene, erst nur von einem Linienbus mit Hänger, der durch den Garten auf dem Schafberg raste, und dabei eine zersplitternde Holzbank wie das Räumschild eines Schneepfluges vor sich herschob. Letztendlich begrub er die großen, lila blühenden Fliederbüsche unter sich. Zum Schluss groß im Bild: Johann am Steuer. Von ihrer Mutter wusste Clärchen jedoch: Träume sind Schäume!

* * *

Vor Clärchen lag eine schöne Zeit. Nicht nur das Weihnachtsfest. Peters Einschulung stand zu Ostern vor der Tür. Diese würden sie mit einer kleinen Familienfeier verbinden, vielleicht unter den Fliederbüschen auf dem Schafberg. Hoffentlich würde ihre Mutter diesmal kommen.

Johann kam jetzt wieder häufiger vorbei. Da das Gartenjahr erst in Kürze begann, gab es wenig auf dem Schafberg zu tun. Stattdessen kostete er den Stolz aus, den er für seinen Enkel empfand. Er schaukelte ihn auf seinen Armen, gab ihm das Fläschchen, säuberte den heruntergefallenen Nuckel in seinem Mund – perfekter konnte kein Opa sein! Clärchen saß am Küchentisch und trank genüsslich einen Kaffee. Im Aschenbecher verglühte eine von Johanns Zigaretten zu Asche.

„Sag mal, Johann, hast du in deinem Garten vielleicht Platz für einen Sandkasten? Eine kleine Ecke würde schon reichen."

„Na klar, für Jürgen immer! Ich habe sogar schon ein paar Bretter für die Einfassung zurecht gesägt. Dann fliegt der Sand nicht umher. Und direkt neben dem Sandkasten werde ich in diesem Jahr Erdbeeren pflanzen. Von den Büschen kann der Kleine dann gerne naschen."

„Du bist toll! Der beste Opa der Welt! Kannst du auch noch das Tor kontrollieren, damit Jürgen es nicht von alleine öffnen kann? Ich habe Angst, dass er auf die Bundesstraße läuft."

„Was denkst du bloß? Das ist längst passiert! Das war das erste, was ich gemacht habe."

* * *

Ein paar Wochen nach Karneval setzte bei Jürgen hohes Fieber ein. Er schrie ohne Unterlass, krampfte dabei zunehmend und hatte einen steifen Nacken. Die Diagnose der Ibbenbürener Ärzte traf die Familie wie ein Paukenschlag: Hirnhautentzündung, eine Störung des zentralen Nervensystems, die bleibende Schäden hinterlassen würde. Damit sollte der Leidensweg der Familie beginnen. Jürgens Leidensweg mit Medikamenten, Hirnpunktionen und langen Krankenhausaufenthalten. Alles Schöne war dahin. Alles trat zurück. Alles!

Johann hatte seine Tuberkuloseerkrankung verschwiegen. Niemand konnte es wissen, selbst seiner Frau war nichts aufgefallen. Die hielt das ständige Husten für das übliche Tagesgeräusch eines ehemaligen Bergmannes. Die nächtlichen Schweißausbrüche führte sie auf sein Alter zurück. Den blutigen Auswurf bekam sie nicht zu Gesicht. Doch nun breitete sich eine

Trümmerwüste menschlicher Gefühle vor Johann aus und die Gewissheit fräste sich durch sein Hirn: Er trug die Verantwortung für das Leid, das über die Familie seines Sohnes gekommen war und das Glück im Keim erstickt hatte. Wegen ihm würde sein Enkel ein Leben mit schweren Behinderungen führen müssen, war für immer auf Hilfe angewiesen. Seine Schwiegertochter würde ihn meiden. Sein Sohn hielt sich bereits wieder an der Flasche fest und trank mit seiner Lieblingsbrauerei um die Wette!

* * *

Ruhelos humpelte Johann im strömenden Regen die Bundesstraße entlang, tief gebeugt und mit hängenden Schultern auf seinen Stock gestützt. Die ertrunkene Filterlose hing ihm krumm zwischen den Lippen. Nichts hielt ihn zu Hause. Das Gewicht der vor Wasser triefenden Strickjacke drohte ihn auf den Teer der Fahrbahn zu ringen.

Hoffnungslos! Alles hoffnungslos! Ohne Sinn!

Johann traf diese Erkenntnis wie ein eiskalter Wetterwechsel tief unten im Bergwerk. Eine alles umfassende Leere machte sich in ihm breit.

Er sah zu den drei Walnussbäumen des Nachbarn hinten am Wald hinüber. Die Zweige waren noch blätterlos, genauso kahl wie sein Inneres. Er war verzweifelt, ganz nach innen gekehrt, hatte er doch das Leben seines Enkels zerstört. Und damit auch sein eigenes.

Konnte er noch etwas für Jürgen tun? Er würde alles für den Kleinen tun! Aber was? Was konnte er schon tun? Sein gesundes Bein für einen gesunden Jürgen geben? Sein Leben für Jürgens Gesundheit! Ja, sein Leben! Sein ganzes beschissenes Dasein!

Den Trampelpfad am Rande der Abraumhalde entlang humpelte Johann zum Förderturm seiner Grube, seines Lebens. Seine Kappe war durchweicht, das Wasser lief ihm über das Gesicht, tropfte ihm vom Kinn. Ganze Bäche von Regenwasser liefen über seinen Hals und verschwanden im Kragen seiner Strickjacke. Die Zigarettenschachtel war nur noch ein unförmiger Klumpen in seiner Hand.

Johanns Entschluss stand fest. Er würde einfahren.

In seine Grube.

Noch einmal tief eintauchen in sein Leben.

In sein Bergmannsleben.

Ein letztes Mal einfahren.

Egal wie, egal.

Für Jürgen!

Friedrich

„Wenn Sie so weitermachen, Schmidt, werde ich Sie entlassen!" Sein Chef spuckte die Worte so laut heraus wie die faulen Stücke eines Apfels. Das Misstrauen Friedrich gegenüber war mit Händen zu greifen.

„Da sitzt du nun, du alter 'Nazi'", dachte Friedrich, „und ich muss mich von dir zurechtweisen lassen. Du willst dich doch nur an mir rächen, mich nur erniedrigen, weil ich nicht mit den 'Nazis' gelaufen bin, so wie du", sinnierte er weiter. „Dein rechter Arm kannte doch nur eine Haltung! Und jetzt betrachtest du die neuen Vorschriften und Anweisungen als Störungen in deinem Leben. Du bist doch nur durch das Netzwerk deiner ehemaligen Regimetreuen im Psychiatriewesen auf diesen Chefposten gekommen", ärgerte Friedrich sich.

„Sie werden die Neuen sofort mit dem Morphium versorgen. Habe ich mich diesmal deutlich genug für Sie ausgedrückt, Schmidt?", ätzte sein Chef weiter, zog an seiner Zigarre und blies den Rauch nach ein paar Sekunden aus. Das bärtige Gesicht verschwand fast hinter der Rauchwolke. Er strich die Weste glatt, die sich über den stattlichen Bauch spannte, sah Friedrich mit einem aggressiven Gesichtsausdruck an und seine riesigen Nasenlöcher drohten Friedrich bei möglichen Widerworten unverzüglich einzusaugen.

„Ja, haben Sie! Gleich morgen früh bekommen sie ihre erste Dosis", antwortete Friedrich und befürchtete, dass er und seine Ideale ein weiteres Mal, nur aufgrund der Anweisungen seines Vorgesetzten, getrennte Wege gehen mussten. Er sah auf den speckigen Kopf seines

Chefs. Dessen Haare standen kerzengrade vom Kopf ab und Friedrich musste einen Moment lang an die Nebenwirkungen der neuen Elektrokrampftherapie denken, als der dicke Mann vor ihm hektisch in Bewegung kam. Ruckartig schob er den schweren eichenen Schreibtischstuhl zurück, richtete sich unerwartet schnell auf und stützte seinen massigen Körper mit beiden Fäusten auf der Eichentischplatte ab. Die Asche seiner Zigarre verteilte sich auf den Schriftstücken vor ihm und er schrie los, die Worte in Rauch gehüllt, als kämen sie aus dem Schlot eines Vulkans: „Sind Sie noch ganz bei Trost? Haben Sie nicht gehört? Ich habe gesagt, sofort. Und wenn ich sofort sage, dann meine ich auch sofort! Und nicht morgen früh! Und jetzt raus. Verschwinden Sie!" Er ließ sich schwer zurück auf seinen Stuhl fallen und wies mit der Zigarrenhand auf die doppelflügelige, raumhohe Tür.

Friedrich drehte sich um und ging hinaus. Nachdem er die Tür trotz seiner Wut leise geschlossen hatte, lehnte er sich daneben an die Wand. Das weiß gestrichene Mauerwerk des Flures, das ehemals Ruhe ausgestrahlt hatte, war von großformatigen Bildern deutscher Landschaften entjungfert worden. Auch so eine merkwürdige Anordnung seines Chefs. Friedrich atmete tief durch, schloss kurz die Augen, als müsste er gleich in die Schlacht ziehen und fühlte deutlich seine weichen Knie. Die Anweisungen seines Chefs waren alles andere als wegweisend für ihn. Ja, er hatte viele Leute während des Krieges mit Morphium unterstützt, als ihre Einrichtung, die die Machthaber 'Irrenanstalt' nannten, in ein Lazarett umgewandelt worden war. Ja, er linderte ihre Schmerzen mit Morphium, denn die Klinik verfügte über große Bestände aus der Zeit vor dem Krieg. Friedrich unternahm auch viel gegen die seelischen Qualen der Verwundeten. Mit 'Pervitin'. Schnell fühlten die sich euphorisch und optimistisch, ihre Angst verschwand für einige Stunden. Auch das Personal griff häufig auf diese Pillen zurück, als Wachhaltemittel. Friedrich schmunzelte bei dem Gedanken daran, dass der Volksmund dieses Mittelchen *"Panzerschokolade"* oder *"Hermann-Göring-Pillen"* nannte.

Jetzt nach dem Krieg war das Morphium knapp geworden und es herrschte ein erbitterter Kampf darum – 'Pervitin' hingegen konnte man überall bekommen. Friedrichs Verbitterung stieg von Tag zu Tag, weil ihm über die Klinikleitung von vielen ehemaligen Patienten vorgeworfen wurde, nicht vorschriftsgemäß mit der Verabreichung von Medikamenten umgegangen zu sein. Nicht nur, dass die ärztliche Leitung die Patienten bestärkte und Friedrich für deren psychische Abhängigkeit verantwortlich machte, er wurde damit auch von den Nazi-Mitläufern erpresst, mit deren Ideen er noch nie etwas anfangen konnte. Seitdem die 'NSDAP' vor dem Krieg die Macht übernommen hatte, sah Friedrich über die Fahnen und die so andersartigen Gepflogenheiten der neuen Machthaber hinweg, die bedeuteten ihm nichts. Mehrfach war er auf seine fehlende Mitgliedschaft in der Partei angesprochen worden. Dieses Manko pflegte er jedoch stets mit einigen Freibieren im Gasthof seiner Frau zu beseitigen.

Bei seinen Patienten handelte es sich jetzt ohne Ausnahme um Leute, die sich gut mit seinem neuen Chef verstanden und Friedrich vermutete alte Seilschaften dahinter. Einige kamen nur, um sich das Morphium bei ihm abzuholen, das auf dem freien Markt immer knapper wurde.

Friedrich verstand nicht, warum er für die Begleiterscheinungen beim Absetzen des Mittels verantwortlich sein sollte, wenn sie dieses ohne ärztlichen Rat einnahmen. Er gönnte ihnen die Entzugserscheinungen. Die Gliederschmerzen und die Halluzinationen. Friedrich lächelte, schüttelte den Kopf, stieß sich von der Wand ab und ging in seinen Behandlungsraum. Die Morphinisten warteten.

* * *

Morphinisten rauf und runter. Was hatte er nicht schon alles gesehen! Erstaunlich, aber auch beängstigend! Der eine Patient stand mit klarem Blick vor ihm, dem nächsten standen seine Probleme ins Gesicht geschrieben. Und dann gab es noch die, denen die Probleme bereits das Gesicht zerstört hatten. Gesichter, die wie zerknitterte Butterbrottüten aussahen, in die man Löcher für die Augen gestochen hatte. Andere waren so blass wie der Mond tagsüber bei Sonnenschein. Als wären sie lange Jahre in einem Schrank eingesperrt gewesen. Wieder andere erinnerten ihn mit ihren rosafarbenen Gesichtern an frisch gebadete Schweinchen.

Kürzlich betrachtete Friedrich durch seine Brille eine schielende Frau. Als sie aufblickte, wurden ihre Pupillen abwechselnd größer und kleiner. Er hielt inne, weil er nicht wusste, welches Auge er ansehen sollte. Mal schien ihn das eine, dann das andere zu mustern.

Allerdings waren es nicht nur die ganz offensichtlichen Fälle mit einer geistigen Verwirrung, die Friedrich Sorgen machten. Diese unheilbaren, absolut und hoffnungslosen Irren, die nur aus einer anderen Aufbewahrungsanstalt entlaufen sein konnten.

„Sie sollten mit dem Trinken aufhören", sagte Friedrich zu einem Mann in einem bis obenhin zugeknöpften Ledermantel, den dieser fast zu sprengen schien und der damit aussah wie seinerzeit Hermann Göring. Es fehlte nur der Marschallstab. Die von Alkohol, Zigarettenrauch und zu wenig Schlaf geröteten Augen sprachen Bände. Offensichtlich floss der Fusel in ihn hinein wie Wasser. So als gäbe es keine zweite Gelegenheit mehr, sich zu betrinken.

„Ich bin dabei! Ich schaffe das. Schritt für Schritt. Aber ganz ohne geht's noch nicht!", antwortete der Göring-Verschnitt.

"Ich kann Ihnen etwas zur Beruhigung geben. Das ist aber auch alles, was ich tun kann. Alles andere müssen Sie mit dem Doktor besprechen", fuhr Friedrich fort, öffnete den Glasschrank mit den Medikamenten, fingerte ein paar Pillen in ein Papiertütchen und hielt sie dem Mann hin. Der rollte wie ein überdimensionaler Findling aus dem Sessel, nahm das Tütchen entgegen, umklammerte es wie eine gerade erbeutete, seltene Trophäe und verließ wortlos das Behandlungszimmer.

„Sie wollen doch sicherlich nur Ihr Medikament abholen, Hanna, oder?", fragte Friedrich die junge Frau, die wie eine wildgewordene Kuh ohne Aufforderung zur Tür hereinstürmte und ihm ihre offene Pillendose wie eine Waffe hinhielt. Friedrich legte die Tagesration in das kleine Metalldöschen, sie starrte auf die Pillen und ihre Augen schienen größer zu werden, bis sie fast das ganze Gesicht verschluckten. Dann drehte sie sich abrupt um und verschwand so schnell wie sie gekommen war.

„Hat dich die Arbeit mit solchen Leuten eigentlich verändert und würdest du das überhaupt merken?", fragte Friedrich sich manchmal selber. „Oder wirst du gar nicht mehr darauf angesprochen?", überlegte er weiter. „Ist dein verändertes Verhalten für deine Familie etwa schon so wie das rote Tuch vor einem Stier?", fragte er sich. Friedrich lächelte bei dem Gedanken, dass er doch hoffentlich noch nicht so weit war wie der Mann auf Zimmer vierzehn, der immer schrie wie ein Ferkel, das gerade verladen wird. Oder so wie Herbert, der neue Patient. Der merkte anscheinend nicht mehr, dass er wie ein ausgehungerter Holzfäller auf das Essen zustürmte. „Ich muss mal mit Alfons darüber reden", beruhigte Friedrich sich und ergänzte die Patientenakten mit einer Schrift, die trotz des vielen Schreibens in der Anstalt immer noch sehr ungelenk wirkte.

* * *

Er mochte die Spätschichten. Vor allem aber die Stunden davor, wenn er mit Addi, dem Spitz, allein zu Hause seinen Gedanken nachhängen konnte. Der kleine Hund lief immer hin und her, sprang an ihm hoch und wollte nichts mehr als Friedrichs volle Aufmerksamkeit. Bis er ihn fütterte. Nach dem Fressen legte Addi sich in sein Körbchen und es kehrte Ruhe ein.

Helga, seine jüngste Tochter, ging bereits früh zum *"Salon Walterschmidt"*, ihrem Arbeitsplatz. Und Emma, seine Frau, brach stets gegen neun Uhr zum Gasthof auf, um ihre Vorbereitungen für die Mittagsgäste zu treffen. Ja, er hatte sie damals bedrängt, einen alten Gasthof im Stadtteil 'Schinkel' zu pachten und zu neuer Blüte zu verhelfen. Sie sollte eine Tradition seiner Familie fortsetzen und ihm seinen Traum von Fisch und Räucheraal im eigenen Lokal erfüllen. Emma war seinerzeit überhaupt nicht begeistert gewesen, willigte jedoch nach einigen unruhigen Nächten ein. Schließlich war er ihr Mann! Sie lieh sich Geld von einem Bekannten, avancierte zur Wirtin und setzte seine Pläne mit viel Elan und guten Ideen in die Tat um. Friedrich erlaubte es Emma, den Gasthof zu Ehren ihres Geburtsortes *"Estorff'scher Hof"* zu nennen. Friedrich schmunzelte. „Das war eine schöne Zeit", dachte er.

Damals war noch alles in Ordnung, auch mit Clärchen, seiner Lieblingstochter. Seitdem sie vor gut einem Jahr mit ihren zwei Kindern ausgezogen war, hatte die Familie wieder mehr Platz und auch die Ruhe war wieder eingekehrt. Allerdings nur so lange, bis seine Frau ihm erzählte, dass Clärchen seine Enkelin Barbara zur Adoption freigegeben hatte, und ihn dann im Juli zu allem Überfluss wieder zum Opa machte. „Armes Clärchen," dachte Friedrich nur.

Das an der Wand hängende Kochendwassergerät verrichtete voller Hingabe seinen Dienst, indem es vor sich hin blubberte. Friedrich goss das heiße Wasser in den Kaffeefilter und sah der braunen Flüssigkeit zu, wie sie langsam in der Kanne verschwand. „An deine Espressokanne hätte ich mich nie gewöhnt, Lazar", lächelte Friedrich vor sich hin. Er schlürfte den heißen Kaffee mit seinen schmalen Lippen, die an die eines Fisches erinnerten und die bereits seinen Vater ausgezeichnet hatten. Früher empfand er sie als Manko, heute sagte er sich, dass sie zu seiner Herkunft, der Ostsee, passten. Die aufgekrempelten Hemdsärmel zeigten seine dünnen weißen Unterarme. Lazar hatte einmal gesagt: „Arme braun wie Kalk in Eimer auf Latrine."

Friedrich schmunzelte leicht und fingerte gedankenverloren den weichen Teig aus seinem Brötchen. Dann begann er mit dem Zeige-, Mittelfinger und Daumen, eine Kugel daraus zu formen. Gut, dass Emma nicht am Tisch saß! Seine Frau fand dieses Gebaren einfach widerlich und ihre strafenden Blicke beendeten auch stets die Teigpulerei.

Der eingelegte Hering bestand schnell nur noch aus Gräten. Mit dem restlichen Brötchen aß er die Zwiebeln auf und ärgerte sich, dass sie zurzeit kein Geld für geräucherten Aal hatten. Seine Lieblingsspeise fehlte ihm. Vor allem fehlte ihm der Geruch des durch den Hof ziehenden Rauchs aus der Räucherkammer. Wie hätten sie heute dastehen können, wenn sein Sohn als Koch in ihrem Gasthof eingestiegen wäre! Aber nein, der hatte nichts Dümmeres zu tun, als sich freiwillig zur Wehrmacht zu melden. Vor Stalingrad lag er jetzt begraben. Mit seinen Kochkünsten. In Osnabrück wäre Günther damit schnell an die Spitze der Gastronomie gelangt und hätte den Gasthof zum kulinarischen Gesprächsthema Nummer eins in der Domstadt gemacht. Seine Rezepte stellten Neuinterpretationen der traditionellen Küche der Elbregion um Bleckede, Hitzacker und Garze dar. Auch einen neuen plakativen Namen hatte Günther sich für ihren Gasthof einfallen lassen! Mehr noch: ein Motto, einen Anziehungspunkt. *"Essbare Elbe"* sollte als Leuchtreklame unter dem Schriftzug *"Estorff'scher Hof"* über dem Haupteingang stehen und die Gäste in Scharen hereinlocken.

Friedrich lehnte sich zurück, nahm einen Schluck Kaffee und blickte geradeaus an die Küchenwand. Er konnte sich an jedes Wort seines Gesprächs mit Günther erinnern. Damals, kurz nach der Eröffnung des Gasthofes. Ja, sein Sohn konnte ausgezeichnet kochen, das wusste Friedrich. Auch wenn Günther im Hotel 'Walhalla' anfangs lustlos am Herd stand, was letztlich dazu führte, dass er eine neue Anstellung im 'Schützenhof' annehmen musste, deutlich weniger Lohn und Verantwortung inklusive. Für Friedrich war dies der Zeitpunkt gewesen, mit seinem Sohn zu reden. Er schloss seine Augen und dachte zurück an den Tag. Deutlich sah er Günther vor sich, so als wäre es erst gestern gewesen. Wie immer gut gekleidet. Sie saßen am Mittagstisch. Seine Frau räumte gerade die leeren Suppenteller ab. Die Rindfleischsuppe, wie immer mit Markklößchen und Eierstich, schmeckten Günther und ihm immer wieder so gut wie beim ersten Mal.

„Wie soll es eigentlich mit dir und deinen Kochkünsten weitergehen?"

„Ach, ich weiß nicht. Koch ist ein toller Beruf! Mir machen auch die Arbeitszeiten nichts aus. Und es macht Spaß, aus Kartoffeln, Gemüse, Fleisch und Fisch etwas Schmackhaftes zu kochen!", sinnierte Günther, den Blick auf die tadellos weiße Tischdecke gerichtet.

„Du musst endlich auf eigenen Füssen stehen und deinen Ideen freien Lauf lassen. Ich habe einen Vorschlag. Unser Gasthof läuft doch gut. Ich könnte mir vorstellen, dass du demnächst die Küchenleitung übernimmst und Mutter entlastest. Was hältst du davon?" Friedrich konnte sich auch noch ganz genau daran erinnern, dass er durch die geöffnete Küchentür zu seiner Frau am Herd sah. Im Gesicht ein gequältes Lächeln, ihre Augen müde. Schon damals arbeitete sie viel zu viel. Seit der Geburt ihrer zweiten Tochter stand sie, abgesehen von wenigen Tagen, zu Hause und im Gasthof in der Küche. Sie tat Friedrich leid.

Günther sah von der Tischdecke hoch, richtete sich auf, hob beide Arme und legte die Unterarme auf den Tisch. „Gut, lass es uns versuchen!", sagte er mit fester Stimme. „Aber ich habe dem 'Schützenhof' versprochen, wenigstens ein Jahr zu bleiben. Die rechnen mit mir!"

„Ich habe deine Entscheidung nie verstanden, meine ganzen Träume sind zerplatzt", dachte Friedrich. „Nicht nur du fehlst mir, Günther. Was hätten wir gemeinsam erreichen können!", grübelte er weiter und schüttelte den Kopf ganz langsam hin und her. „Jetzt läuft mein Leben dahin, als seien die Bremsen angezogen", ging es ihm durch den Kopf. Er sah zum friedlich schlafenden Addi, lächelte traurig und ging ins Badezimmer.

Vor dem Spiegel zupfte Friedrich den dünnen Knoten seines Schlipses zurecht und strich sich mit der linken Hand noch einmal über die dünnen, eng am Kopf anliegenden Haare. Ja, der Mittelscheitel sitzt, schmunzelte er, nahm etwas Spucke zwischen seinen linken Zeigefinger und den Daumen und zwirbelte die Enden der starken Haare seiner Augenbrauen nach oben. Dann nahm er seine Brille mit den dicken, an Glasbausteine erinnernden Gläser ab, näherte sich seinem Spiegelbild und sah sich selbst in die blauen Augen. „Mit deinen über sechzig Jahren kannst du dich immer noch sehen lassen", murmelte er, putzte die Brille mit seinem Taschentuch und setzte sie wieder auf. Er nahm den Ring mit dem großen, fast schwarzen Stein von der Ablage und schob ihn auf den linken Ringfinger. Dann blickte er noch einmal kritisch an seinem tadellos sitzenden Anzug und der Weste herunter, ging zur Garderobe, bekleidete sich mit Mantel und Hut, nahm seine Tasche und verließ die Wohnung.

* * *

Kurz vor Feierabend saß Friedrich im Behandlungszimmer an dem Eichentisch, der mit einem gepunkteten Wachstischtuch abgedeckt war, rieb sich sein stark ausgeprägtes, energisches Kinn und grübelte nach. Die Sonne hing verschwommen hinter der milchigen Fensterscheibe, genauso verschwommen wie seine Gedanken. Als Oberpfleger besaß Friedrich im Kollegenkreis keine Freunde. Die Pfleger fühlten sich häufig von ihm bevormundet und für die Ärzte stellte er lediglich einen Befehlsempfänger dar. Ganz zu schweigen von seinem Chef!

Die wenigen Freundschaften aus der Vorkriegs- und Kriegszeit waren weggebrochen. Er konnte sich nicht erklären, warum. Lag es an seinem Verhalten? Oder etwa an seiner Gesinnung? Das konnte eigentlich nicht sein. Politisch verhielt er sich immer neutral und konnte so bei niemandem Anstoß erregen. Zudem schätze er sich als sehr geduldig ein, war zuvorkommend und gab stets einen guten Zuhörer. Dennoch – in der Klinik fand er keine Freunde, und keine Anerkennung. Auch wenn Friedrich es nicht wahrhaben wollte, schreckte er die meisten durch eine ungewöhnliche Neigung ab: er liebte Schalotten und verzehrte diese leidenschaftlich gerne roh zu fast jeder Tageszeit. Ihrem leichten Duft und dem süßlich-würzigen

Geschmack konnte er einfach nicht widerstehen. Bereits als Schuljunge nahm er sie für die Pausen mit. Später hielt er an seinem Essvergnügen fest und besuchte deshalb die meisten Veranstaltungen allein. Er stand auch nie lange mit Leuten zusammen. Jede Zwiebel erneuerte die Erkenntnis, dass er ein Einzelgänger war und bleiben würde. Entgegen seiner Erwartung vergrößerte sich sein Freundeskreis auch durch die Mitgliedschaft in einem Turnverein nicht. So verlegte er sich aufs Flanieren. Der Einfluss auf das weibliche Geschlecht erhöhte sich dadurch nur unwesentlich, denn spätestens nach dem zarten Beginn einer Konversation unterband Friedrichs ständiger Genuss der Edelzwiebel jedes weitere Gespräch. Warum Emma bei ihm blieb, konnte er sich bis heute nicht schlüssig erklären.

Er fuhr sich mit der linken Hand über die Haare, mit der rechten umklammerte er seinen Kaffeebecher. Dann stand er auf und begann gedankenverloren auf- und abzugehen. Friedrich kam sich vor wie der Patient aus Bramsche, der aufgrund seiner immensen inneren Anspannung in seinem Zimmer eine Furche in das Linoleum getreten hatte.

Früher war Friedrich die Klinikflure wie ein Turner auf dem Schwebebalken rauf- und runtergeflitzt. Das weiße Oberhemd klebte ihm dann wie ein nasser Waschlappen auf Rücken und Bauch. Diese Zeiten lagen Gott sei Dank hinter ihm! Dafür flossen die Tage, Wochen und Monate seit langem ohne Konturen ineinander. Lange Zeit verdrängte Friedrich die Gründe, und in seinem inneren Notizbuch machte er seinen neuen Chef dafür verantwortlich. Allerdings konnte es so nicht weitergehen! Abrupt blieb er stehen, sah auf seine Armbanduhr, legte mit seinem weißen Kittel alle Sorgen über die Stuhllehne, zog seinen Mantel an und ging zum nahegelegenen Schrebergarten seines wohl einzigen Freundes Alfons.

„Du bist aber heute früh dran", rief ihm Alfons entgegen, als Friedrich das kleine, quietschende Eisentörchen öffnete. „Und überhaupt, wir sind noch früh im Jahr, du hast Glück, dass du mich antriffst!" Sein Freund stand vor der Regentonne neben dem kleinen Geräteschuppen und wollte gerade seine Schaufel reinigen. Für heute lagen die ersten Vorbereitungen für das neue Gartenjahr hinter ihm. Außerdem war ihm kalt und die Sonne stand bereits hinter den Bäumen des Bürgerparks. Trotzdem holte er zwei Sitzkissen aus der kleinen Laube und legte sie auf die Bank. Alfons akzeptierte mit ein klein wenig mehr Abstand als üblich den permanenten Mundgeruch seines Freundes. So saßen sie auf der Holzbank, jeder an einer Seite neben den Armlehnen, Friedrichs Hut in der Mitte der Bank abgelegt, als würden sie damit den Platz für jemanden freihalten.

„Was gibt's Neues, wie läufts in der Klinik?", wollte Alfons wissen, beugte sich nach vorne, legte die Unterarme auf seine Oberschenkel und sah Friedrich an.

„Ach, ich weiß nicht. Es ist alles so komisch geworden. Vieles ist echt gewöhnungsbedürftig. Und dann noch der neue Chef", antwortete Friedrich, den Blick starr geradeaus gerichtet. Ruckartig drehte er sich zu Alfons und fragte: „Sag mal, habe ich mich verändert? Ist dir etwas aufgefallen an meinem Verhalten? Bin ich noch so wie früher?"

„Wie kommst du denn jetzt auf so etwas?" Alfons zog die Augenbrauen zusammen und schüttelte leicht den Kopf mit dem silbernen Haarkranz.

„Manchmal geht mir durch den Kopf, dass all die Kranken und Wahnsinnigen mich verändert haben. Die meisten sehen mich an, als hätte ich die Pocken oder eine bissige Bemerkung über sie gemacht. Und darüber habe ich mir in den letzten Wochen so meine Gedanken gemacht, Alfons. Oder bilde ich mir das nur ein?"

„Für mich hast du dich überhaupt nicht verändert. Du machst mir einen ganz normalen Eindruck. Und warum regst du dich darüber auf? In ein paar Monaten bist du auch Rentner. Dann brauchst du nicht mehr zu deinen Irren!", erwiderte sein Freund und lachte: „Dann kommst du hierher und hilfst mir oder du hilfst Emma im Gasthof und lässt den lieben Gott einen guten Mann sein. Aber jetzt komm, mir wird hier zu kalt. Lass uns ein Bier trinken gehen!"

* * *

Warum er sich heute so früh auf den Weg zur Spätschicht machte, wusste Friedrich nicht. Wie von alleine nahmen seine Füße den Weg durch den Bürgerpark, quasi seiner Hausstrecke, seit Jahrzehnten schon. Heute ging Friedrich so langsam und bedächtig wie eine Eidechse. Die Aktentasche mit dem Kaffee und den Broten hing schwer an seinem rechten Arm. Er schlich an seinem Lieblingsplatz vorbei. Das Wasserbecken jetzt im März noch ohne Wasser, die mächtigen Buchen ohne Laub, keine Blüten in den Rabatten. Friedrich blieb stehen. „Wie oft hast du hier gesessen und in die untergehende Sonne geschaut", dachte er und ging langsam weiter, folgte dem leicht ansteigenden Schotterweg.

„Wo sind sie geblieben, all die Jahre, die verschwundenen Jahre", fragte er sich und blickte auf seine Füße. „Verpasst habe ich die ganze Zeit", überlegte er weiter. Die vergebenen, nicht genutzten Chancen hinterließen schwarze Löcher in Friedrichs Erinnerungen. Sein Sohn Günther verscharrt vor Stalingrad. Lazar verschwunden, die Väter seiner Enkelkinder Peter und Barbara auch. Was hätte er darum gegeben, mit Lazar, dem Optimisten zu reden, sich Rat bei ihm zu holen.

Jetzt auch noch die Hirnhautentzündung seines jüngsten Enkelkindes Jürgen! Und seine unglücklich verheiratete Clärchen mit ihren zerstörten Lebensträumen. Und die finanzielle Schieflage ihres Gasthofes. Emma wusste nicht, wie lange sie dem täglich wachsenden Druck noch standhalten konnte.

„Nein, es gibt keine Perspektive mehr, keine Zukunft", dachte Friedrich. „Zumindest nicht in der Klinik mit dem Chef. Auch nicht für den Gasthof. Als Rentner im Schrebergarten schon gar nicht. Als Opa auch nicht!" Jedes Haar, auch das allerkleinste Härchen, rieb sich plötzlich an seinem Unterhemd und sendete ein Alarmsignal in seinen Kopf. Tausende von Signalen. Dort nagten sie wie kleine Gebisse an seinen Gedanken.

Wieder blieb er stehen, spürte die fast schon unheimliche Stille. Als hielte der Bürgerpark mit all seinen kahlen Bäumen, pflegebedürftigen Wegen und blassgrünen Wiesenflächen gespannt den Atem an. Der schwach aufkommende Wind schien ihm etwas zuflüstern zu wollen. Schließlich fing es leicht an zu regnen, erst nur kleine Tropfen. Schnell wurden es viele, die ausgelassen auf seinem Hut herumtrommelten und an seinem Mantel herunterliefen. „Der Himmel weint für dich", dachte er. Mit einer schwachen Stimme, als wäre er halbtot, sagte er vor sich hin: „Das alles hier hat keinen Sinn mehr. Mach Schluss damit!"

* * *

Friedrich betrachtete die große Bahnhofsuhr auf dem Bahngleis gegenüber. Unentwegt und unerbittlich ließ sie die Zeit hinter sich. „Für mich beginnt jetzt eine neue Zeitrechnung!", sagte er sich. „Ich freue mich darauf!" Seine Fahrkarte ging bis Lübeck. „Ich gehe über die

Grenze", dachte er. „Zurück in meine Heimat. Zurück in die Heimat meiner Eltern. An die Ostsee. Weit weg von Osnabrück!"

Clärchen

Noch einmal sieht
Mein Blick zurück
Nach all dem süßen
Verrauschten Glück
Aus dem Gedicht „Abschied" von Ernst Goll

Jetzt, da sie in einem tiefen Schlaf auf der Intensivstation des städtischen Krankenhauses lag, kam ihr Ältester häufiger zu Besuch als früher. Peter saß dann an ihrem Bett. Der hellblaue Bettbezug lag glatt und faltenfrei unter ihren Armen und spannte sich enganliegend über ihren Oberkörper und damit auch über ihr krankes Herz. Aber die Leute sollten nicht glauben, dass sie nichts mehr mitbekam, nur weil sie ihre Augen geschlossen hatte.

Peter sah sie nicht an, er schaute zur Tür und sprach mit jemandem. Mit wem? Es befand sich also noch eine Person in ihrem Zimmer. Hoffentlich entfernte die sich bald, denn sie wollte ihren Sohn für sich allein haben. Nur für sich! Auch mit einer anderen Frau zu teilen, kam für Clärchen nicht in Frage. Das sollte sich nicht wiederholen. So wie damals, als er unbedingt heiraten musste und sie mit Jürgen allein ließ. Für Clärchen brach daraufhin eine schwere Zeit an. Jürgens Behinderung und Werners Exportbier raubten ihr die Luft zum Atmen, ließen ihr keinen Freiraum.

So wie jetzt die Bettdecke – und ihre Gedanken an die hinter ihr liegenden Jahrzehnte. Gedanken an ihr ereignisreiches Leben. Pausenlos flogen Bilder auf sie zu. Auch von ihrer großen Liebe Walter. Einmal kauerte er zwischen Werkzeugkisten auf der Ladefläche eines LKW. Ein anderes Mal saß er auf einer Bank im Bürgerpark und blickte wartend auf das Eingangstor zum Friedhof. Was machte er dort? Eben noch stand er auf der Wiese, zwischen hunderten von Clark Gables mit erhobenen Fäusten, in denen sie Sträuße aus lila Flieder über den Köpfen hielten. Clärchen mochte Walters lebenslustige Art. Sein Aussehen. Perfekter als mit ihm und Peter hätte keine Familie sein können.

Aber er hatte sie sitzengelassen, einfach allein gelassen und sich nicht mehr gemeldet. Sie erhielt später nur seinen Gedichtband mit düsteren Versen. Anonym, ohne persönliche Worte, ohne Geld, ohne Anerkennung. Walter hatte damals bei Clärchen den Eindruck erweckt, belesen zu sein. Das entnahm sie zumindest seinen merkwürdigen Gedichten und den wenigen kurzen Erzählungen. Von Unterhaltszahlungen schien er allerdings noch nichts gelesen zu haben! Wahrscheinlich stellte er sich auf den damals weit verbreiteten Standpunkt, diese nicht leisten zu müssen, weil er nicht sicher sein konnte, dass er zu jener Zeit Clärchens einziger Mann gewesen war. Aber zumindest die Entbindungskosten hätte er übernehmen können! Stattdessen war er davongelaufen. Ihr persönlicher Clark Gable war davongelaufen! Vielleicht war es besser so!

Oder Johann! Ihr Johann! Wo kam der denn so plötzlich her? Er saß auf einer Flutwelle aus Fliederbüschen, die ihn überraschend durch das halb geöffnete Zimmerfenster ins Freie spülte. Wenig später kam Johann durch die Tür wieder herein, schwer auf seinen Gehstock gestützt und einen fast bis zur Decke reichenden Stapel weißer Teller mit Goldrand auf dem linken Arm. Kaum stand er bei ihr am Bett, warf er den Stock zur Seite, griff sich Teller für Teller und schmetterte sie auf das gräuliche Linoleum rechts und links von Clärchens Bett. Die fühlte sich wie auf einem

Polterabend. Allerdings nicht wie auf ihrem eigenen, denn so etwas war ihr vorenthalten geblieben. Dafür fiel ihr der Polterabend ihres Sohnes ein.

Sie musste Peter von den vielen Bildern erzählen, die durch den Raum und über die Wände ihres Zimmers flatterten. Vor allem von Johann, wie er mit seinem Vater, seinen Brüdern und seinem Onkel rauchend an einem langen Tisch voller Gehstöcke in einem Meer aus weißen Callas thronte, das Gesicht geschwärzt von Kohlenstaub. Ohne Unterlass bliesen sie Rauchringe aus, die zusammen mit Dutzenden von Raben über ihren Köpfen schwebten. Etwas abseits stand Walter und warf gemächlich rote Rosen in ein schwarzes, rechteckiges Loch. Warum nur?

Peter wusste das bestimmt! Der blieb ihr nie eine Antwort schuldig! Nicht so wie Anton! Der fuhr gerade schemenhaft auf dem Flur vorbei, auf einem in Qualm gehüllten, weißen Dampfschiff. An Bord befanden sich auch alle Heuerlinge der Nachbarn, sie waren leichenblass und führten schwerfällig einen Totentanz auf. Im Bug stand Anton, nur vage zu erkennen in der weißen Gischt, und hielt sich die Hand vor den Mund. Neben ihm erahnte Clärchen seine Mutter.

Jetzt erkannte sie deutlich ihren Sohn. Er saß auf dem blau gepolsterten Stuhl, stützte sich mit seinen Ellenbogen auf die Armlehnen aus Holz und sah sie traurig an. So wie Werner in dem diffusen Bild, das gestern an ihr vorbeigezogen war. Sie konnte seine Freunde erkennen, die auf Rollern vor seiner Stammkneipe standen, die schwarz glänzenden Haare dicht an den Kopf gekämmt, aufgereiht wie eine Phalanx aus Pomade in Erwartung einer Haarwäsche. Derweil schwamm Werner in einem riesigen Bottich Bier träge auf dem Rücken, und sah sie aus seinen traurigen braunen Augen an. So als wolle er sich entschuldigen. Das hielt Horst nicht für notwendig! Im Gegenteil, er hatte sie ausgenutzt und hintergangen. Clärchen konnte ihn allerdings nicht sehen. Die Bilderflut der vergangenen Zeit ließ nach. Dafür sah sie im dicht aufsteigenden Nebel der Elbe am Strand bei Hitzacker verschwommen eine riesige Sanduhr stehen, die mit grobem Kies gefüllt war. Sie war schon zu zwei Dritteln durchgelaufen. Bestimmt ging gleich ihr Ältester hin und drehte sie wieder um. Clärchen fühlte sich leicht und völlig schmerzfrei in seinem Beisein. Fast schon euphorisch. Ihre fehlerhaften Herzklappen spürte sie nicht. Keinen Druck mehr im Brustraum. Das gelb-rötliche Licht des Sonnenaufgangs über der Elbe machte sie schläfrig.

Kurz danach erhellte plötzlich grelles Licht ihr Zimmer, so, als habe jemand gleichzeitig alle Flutlichtmasten und Leuchten der Hamburger Pferderennbahn eingeschaltet. Die weiße Wand gegenüber ihrem Bett verwandelte sich in dem grellen Scheinwerferlicht in ein konturloses, gräuliches Scheunentor. Vor dem Scheunentor erkannte sie Horst. Er stand dort lachend mit weit ausgestreckten Armen und Beinen, sah aus wie einer, der in einem Zirkus auf einer Drehscheibe angebunden ist und nur auf die blitzenden Messer wartet, die von Männern mit beigen Hüten aus vorbeifahrenden Sulkys geworfen werden. Dazu erklangen aus tausenden von Lautsprechern die aktuellen Wettquoten.

* * *

Unmengen von Bildern rauschten wie in einem Film vorüber, flüchtig, nebelhaft. Manche konnte Clärchen nicht erkennen. Wieder andere sah sie zum wiederholten Male.

Allerdings änderten sich die Farben! Immer öfter bestimmten gedeckte Farben die Bilder, bevor zunehmend graue Farbtöne den Platz der bunten Vielfalt einnahmen.

Clärchen erinnerte sich an die Stummfilmzeit. Die Wiesen an Antons Hof erschienen ihr in einem bräunlichen Ton, nicht in dem ihr so vertrauten frischen Grün. Clärchen sah Lazar auf einer anderen großen Wiese aus farblosen, dornenbewehrten Lilien, Salbei und Mohn sitzen, und riesige aschgraue Chilischoten hochhalten – inmitten von Affen, Heerscharen von brauen Affen, die sich ihre Ohren, Augen und Münder mit ihren großen, behaarten Händen zuhielten.

Ihr Gedächtnis schlenderte in ihrem Dasein umher. Im Universum ihrer Erinnerungen reihten sich die Erlebnisse wie die Spielsteine eines endlosen Dominospiels aneinander, bis ihr an einem unbestimmten Punkt, ohne dass sie wusste, warum, wieder ihre durchgebrannten Männer erschienen. Horst saß in einer betongrauen Badewanne und planschte in vergilbten Wettscheinen. Anton versteckte sich in einem Eichenwald vor seiner Mutter, auf den Knien kauernd, die Augen mit seinen Händen verdeckt. Walter klammerte sich an seinem Gedichtband fest, dessen Seiten wie die Flügel einer Gans auf- und abschlugen, bevor er in einem schnell aufkommenden Nebel mit ihm davonflatterte.

Peter nahm seinen Platz neben ihr immer häufiger ein. Neuerdings stand er auch zu ihren Füßen, umklammerte den verchromten Bügel des Fußteils so fest, dass seine Knöchel weiß hervortraten. Neben seinen Händen thronten große, mausgraue Uhus und sahen sie mit ihren runden, leuchtend orangeroten Augen durchdringend an, als wollten sie sie mit ihren Blicken durchbohren, sie aufspießen. Peter hatte wohl einen Besucher mitgebracht. Der saß in der dunklen Zimmerecke, in Rauch gehüllt an dem kleinen Tisch und jonglierte mit großen, abgewetzten Fleischermessern. War das Lazar? Dann schwamm auch noch ihr Bruder vorbei, er war in den aufsteigenden

Nebeln der träge dahinfließenden Elbe kaum zu erkennen, und schwenkte seine anthrazitfarbene Kochmütze wie zum Abschied.

Ihr Ältester stand neben ihrem Bett. Ganz in schwarz gekleidet. An seinem Platz, seiner Heimat. Heute war er allerdings nicht allein gekommen! Sie bildete sich ein, dass ihre Eltern händchenhaltend am Fenster lehnten, ihr Vater musterte sie durch eine Brille mit dicken Gläsern, ihre Mutter weinte. Schließlich schlichen beide langsam und auf Zehenspitzen zwischen den eingelegten Heringen und Räucheraalen, die auf dem Boden lagen, durch die halb geöffnete Zimmertür hinaus.

Neben Peter nahm Clärchen, stark verschwommen, eine junge Frau wahr, ganz in schwarz gekleidet. Regungslos stand sie da, mit hängenden Schultern. Leichenblass. Und daneben eine ältere Frau, auch sie in schwarz, mit hellgrauen Haaren. War das nicht?

War das …?

Inhalt